애기 해녀,
제주 일기

애기 해녀, 제주 일기

초판 1쇄 발행일 2021년 12월 1일

지은이 이아영
펴낸이 허주영
펴낸곳 미니멈
제주어 감수 및 번역 문지윤
편집 원미연
표지 디자인 황윤정
표지 일러스트 신유림
본문 디자인 이수정

주소 서울시 종로구 부암동 332-19
전화·팩스 02-6085-3730·02-3142-8407
이메일 natopia21@naver.com
등록번호 제 204-91-55459

ISBN 979-11-87694-19-9 03810

이 도서는 한국출판문화산업진흥원의 '2021년 출판콘텐츠 창작 지원 사업'의 일환으로
국민체육진흥기금을 지원받아 제작되었습니다.

애기 해녀, 제주 일기

이아영 글과 그림

minimum

해녀 일기 썰

이 일기의 시작은 남편에게 보내는 소식지였어요.

어쩌다 보니 저와 남편은 제주와 서울에서 각자 따로 살게 되었고 저녁마다 전화로 서로의 일상을 공유하는 시간을 가지게 되었습니다.

해녀로서 겪은 바다는 무척 새로웠습니다. 뭐든지 다 처음이었으니까요. 또 제가 경험한 이 새로운 세계를 꼭! 제 동반자와 공유하고 싶었습니다. 왜냐하면 이 반짝반짝 빛나는 일상들을 그냥 기억 너머로 흘려보내기에는 너무 아까웠거든요.

그런데 제가 해녀 얘기를 시작한 후 어느 날부터인가 남편이 제 얘기 듣는 걸 피곤해하더라고요. 아무래도 일과를 끝내고 쉬어야 하는데 제가 전화를 너무 길게 붙잡고 있어서 그랬던 것 같아요.

"자기가 즐거워하고 흥분하고 그러는 이유는 알겠어. 근데 통화로는 자기 감정을 따라갈 수가 없어. 이야기 속에 등장하는 인물들은 그 사람이 그 사람 같고, 뭘 설명하면 너무 늘어져서 그걸 왜 이야기하고 있는지 맥락을 자꾸 놓치고 말아."

그때부터였어요. 해녀 이야기를 글로 적기 시작했습니다. 종이에 펜으로 한번 쓰고 나면 수정할 수가 없어서 더 좋았어요. 그리고 잘 써야 한다는 두려움이 사라지고 그날, 그때의 내가 보고, 듣고, 알게 된 것들을 기록하는 데 집중할 수 있었고요.

누군가 저에게 해녀의 매력이 무엇이냐고 묻는다면 저는 '해녀 문화' 그 자체라고 답하곤 합니다. 문화는 그 사회를 이루는 모든 것을 이르는 말이라고 하죠. 해녀로 일하면서 겪은 일은 하나하나 다 의미가 있었어요. 풀 한 포기 매듭 하나에도 공동체 정신이 있었거든요. 저는 이 일기를 통해 해녀 사회의 생생한 모습들을 담고 싶었습니다.

이 책에는 제가 해녀학교에서 교육을 받는 과정부터 시작해 마을에 들어가 애기해녀로 일하는 모습까지 꼼꼼하게 담았습니다. 잠수하는 법, 해산물 찾는 법, 바다에서와 해녀 사회의 규칙들, 멋있는 해녀 삼춘들과 함께 한 교육생들과의 하루하루, 제가 점차 해녀로 성장해가는 모습을 A4용지에 펜으로 꾹꾹 눌러썼습니다. 그런 원고가 모여 어느새 한 권의 책이 되었네요.

이 책이 나오기까지 도움을 주신 많은 분들, 사랑하는 해녀 삼춘들과 해녀학교 언니 동생들께 감사드립니다.

그리고 독자님들, 책 재밌게 즐겨주세요!

차례

2장 • 저는 색달 애기해녀입니다

3장 · 제 테이블로 놀러오세요!

1장

해녀 삼춘과
해녀 언니들

언니라는 말은 대체 불가능한 단어 같다.

나의 언니들. 의지가 되는 존재들.

"언니~"라고 부르면 우리의 연대가 더 끈끈해지는 걸 느낀다.

남편은 연애할 때부터 나의 친언니를 '아림 언니'라고 불렀다.

남편은 아마도 '처형' 대신 '언니'라는 호칭을 쓰면서 내가 우리 언니와 관계 맺은 방식을 잇고 싶어 하는 것 같다.

우리 해녀학교 동기

원경 언니, 숭희 언니, 지영 언니, 영실 언니, 주희 언니, 은애 언니, 순희 언니, 미희 언니, 행숙 언니, 상미 언니, 윤선 언니, 지현 언니, 지원 언니, 은정 언니, 경숙 언니, 숭희 언니.

솔빈, 예슬, 미나, 숭리, 보라.

(이 책에 등장하는 인물들의 이름은 가명을 사용했다.)

뜻이 있는 곳에 길이 있을 거예요. 지치지 말고 끝까지 가봐요.

삼촌이 아니라 삼춘이다.

이모도 할머니도 아니고 삼춘이다. 제주에서는 손위 어른을 여자 남자 할 것 없이 삼춘이라고 부른다. 제주에선 바깥일을 남녀 구분 없이 해서 그런가?

제주에 처음 왔을 때 아래층 할머니가 날 걱정하며 무슨 일 있으면 자기 집 벨 누르고 "삼춘~" 하고 부르라고 했다. '삼춘'이라고 하면 외지 사람 안 같을 거라고. 그렇게 아래층 할머니는 나의 삼춘이 되었다. 그리고 지금은 나에게 정말이지 더없이 소중한 많은 삼춘들이 생겼다.

제주 바당과 해녀 삼춘들에 반해서 들어온 우리들

무사히 이 공동체에 들어갈 수 있을까?

면접 풍경

2019년 4월 17일

법환좀녀마을해녀학교는 직업 해녀를 양성하는 교육기관으로 올해 다섯 번째 입학생을 받는다. 3월에 모집공고가 뜨면 자기소개서와 건강진단서를 제출하고 1차 합격하면 4월에 면접을 본다. 최종 합격하면 5월부터 10주간 교육이 진행된다.

나는 1차에 합격했다는 문자를 받고 면접을 보러 갔다.

와, 여자들만 잔뜩 모여있는 곳에 있어본 거 꽤 오랜만. 나이대는 다양했지만 모두 내가 과거에 만났던 사람들의 얼굴과 어딘가 닮아있다.

면접은 다섯 명씩 한 조로 해서 15분 정도 진행될 거라고 했다. 기다리면서 옆에 앉은 다른 지원자들과 이런저런 얘기를 나눴다. 그중에는 두 번째 지원하는 사람도 꽤 있었다.

면접실로 들어갔다. 면접위원석에 앉은 네 명의 위원은 모두 남자다. 면접관이 남성 위원들로만 구성된 건 의아했다. 해녀는 해녀가 뽑아야 하는 거 아닌가?

공통으로 하는 질문은 '왜 해녀를 하려고 하는지'와 '해녀 수입이 적은데 생활은 어떻게 할 것인지'다. 면접관들은 이 질문을 하면서 신입 해녀는 수입이 매우 적지만 또 물질에 올인하지 않으면 진입하기 힘든 일이라는 걸 강조했다. '수입이 적은데 올인하라!' 열정페이 얘길 여기서 또 듣네.

그리고 추가로 나온 질문으로는 해상스포츠 경험 여부, 나이 많은 사람 타박하기, 제주도 외 거주자 겁주기였다.

"왜 해녀학교에 지원하게 되었습니까?"

대기하면서 이 질문에 대한 답을 열심히 준비했다.

'왜 나는 해녀를 하려고 하나?'

자기소개서 쓸 때도 고민했는데 그때도 딱히 답을 내리기 어려웠다. 사실 내가 해녀를 해야겠다고 생각한 건 지금까지 내 모든 선택이 그래왔듯 '그냥, 내 감이 이걸 해야 한다고 말하니까!'이기 때문이다.

면접 들어가기 직전까지 고민하다 내가 말하기로 한 답변은 '해녀 공동체에 매력을 느껴서'였다.

제주 해녀는 멋진 것들을 많이 가지고 있는 공동체라 생각한다. 제주 해녀 공동체는 '대자연'을 활동 무대로 물질이라는 '전통문화를 계승'하고 있으며, '여성 주도적'으로 운영된다. 불턱을 기반으로 한 '평등한 의사소통 방식'을 보유하고 있고, 애기바당과 할망바당을 두어 '약자도 해녀 생활을 이어가게끔 하는 배려'가 있다. 일하는 만큼 벌어가고 과욕을 경계하게 하는 시스템은 '건전한 육체노동'을 장려하고, '자연과 상생'할 수 있게 한다. 제주 해녀 공동체는 이렇게 지금 유행하고 있는 온갖 핫한 가치들을 다 보유한 곳이다.

그런데 내 답변이 다소 환상에 빠져있는 사람 말처럼 들렸던 모양이다. 한 면접위원이 걱정스러운 표정을 지으며 나를 타일렀다.

"공동체 생활이라는 게 그렇게 낭만적인 일만 있는 게 아니에요. 들어가는 것도 적응하는 것도 매우 어렵습니다. 여기 졸업한 선배들도 매우 고전하고 있어요. 아영 씨는 공동체에 잘 속하기 위해 어떤 노력을 할 건가요?"

공동체. 그렇지 공동체라는 건 명과 암이 있지. 누구도 설명해주지 않는 암묵적 규칙들이 잔뜩 있고 그 규칙들을 수호하며 단체생활을 해야 하는 곳.

"하라는 것은 하고 하지 말라는 것은 하지 않겠습니다. 이유는 하다 보면 알게 될 거라 생각합니다."

다시 생각해도 참 수동적인 답변이다. 그렇지만 나는 그것만이 최선이라고 생각한다. 내가 겪어온 공동체들의 규칙에는 다 나름의 이유가 있었으니까. 배우면서 일한다는 걸 풀어쓰면 이런 답이 나오지 않을까.

면접장을 나오며 면접 대기자 명단을 봤다. 35명 뽑는데 35번
까지 있었다. 전원 다 합격이라는 건가?*

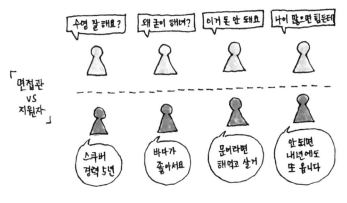

....

* 역시나 사실이었다. 해녀학교의 인기가 초창기에 비해 많이 떨어졌나 보다. 졸업 후 실제로
활동하는 해녀가 적다는 것과 제주살이 인기가 떨어진 결과려나.

왜 해녀였을까?

2017년 12월, 어쩌다 제주도에 오게 되었다.

　"이 PD님, 제주도에서 근무해보실래요?"

어쩌다 다니게 된 회사는 2019년 1월, 어쩌다 그만두게 되었고

　"회사 경영 악화로… 그래도 우리 나쁘게 헤어지는 건 아니잖아요."

이제 어찌할까 하는 참에 해녀학교를 다녀봐야겠다는 생각이 들었다.

　"야, 다큐 보니까 해녀학교라는 게 있다더라. 해녀 해봐라 해녀!"

이곳저곳에서 주워들은 이야기를 모아보니 해녀도 꽤 괜찮은 직업일 것
같다는 생각이 들었다.

① 물질은 물때라는 게 있어 한 달에 열흘 정도 일한다.

　→ 투잡이 가능할 것 같다. 해녀 일로 많은 돈을 벌기는 힘들다는 얘길
　　들었는데, 근무 일수가 적으니 다른 일을 하면서 할 수 있지 않을까?

② 돈을 꽤 번다.

　→ 적게 번다는 얘기도 있지만 그래도 최저생활비는 나올 것 같다. 옛
　　날 제주 삼춘들은 물질로 자식들 대학 보내고 집도 사고 땅도 사고 그
　　랬다더라.

③ 정년이 없다.

　→ 정년이 없다는 점이 가장 매력적이다. 지금 하고 있는 영상 일은 사십
　　대만 돼도 트렌드에 뒤쳐져서 지금처럼 일하기는 힘들 것 같다.

④ 공동체가 강력하다.

　→ 제주 해녀 공동체는 생활 공동체면서 경제 공동체기도 하잖아? 해녀
　　수가 줄어드는 상황이고 해산물도 점점 줄어들고 있다고는 하지만 지
　　역을 기반으로 한 해녀 공동체는 어떤 형태로든 지속 가능할 것 같다.

합격통지

2019년 4월 22일

해녀학교에 최종 합격했다.

안 되면 어떡하나 1년을 더 기다려야 하나 맘 졸였는데 다행이다.

합격했다고 남편에게 문자를 보내자 조금 후에 기념일 알람이 떴다.

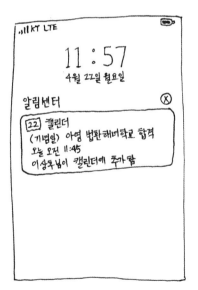

"이게 뭐라고 기념일이야?"

"매년 이 알람을 받으며 이 모든 일의 시작을 기리라고!"

'이 모든 일의 시작'이라니. 무척 기대되는 말이다.

매년 이 기념일의 의미가 점점 더 풍성해지기를….

해녀학교에서 사용하는 장비

수트, 수경, 후드, 오리발, 연철 벨트, 테왁, 골갱이, 고무신

학교 비치품

**다이빙 수트
(일체형, 5밀리미터)**
투피스도 있으나
투피스는 부력이
좀 더 강해
잠수하기 힘들다

**후드 (수트와
마찬가지로
네오프렌 재질)**
체온 보존에
매우 효과 있음

연철 벨트 (벨트에 연철을 끼움)
연철은 보통 두세 개씩 찬다(2~5킬로그램 사이)
다이빙 수트보다 고무옷의 부력이 훨씬 세서
나중에 고무옷 입을 땐 연철을 더 많이 차야 한다

오리발
S M L 사이즈
구비되어있음

개인 장비

수건

선크림
서핑용 AA 선크림 추천

각종 세면도구와 기초화장품

래시가드 혹은 수영복
수영복보다는 몸 전체를
감싸는 래시가드가 좋다
(래시가드가 미끄러워
수트 입기가 편해진다)

고무신
물에 들어가기 전,
나온 후 바위 위를
걸어 다닐 때 신는다

골갱이
평소에는 골갱이를
신문지에 감싸서 다닌다
(날붙이라 무서우니까)

수경
학교 비품이지만 고가의 물건이라
학생들이 자기 거 자기가 들고
다녀야 한다(졸업 때 반납)

목장갑

수경과 쑥

2019년 5월 26일

교육생용

**수경: 물속에서 시야를 확보해주
는 잠수 도구**

교육생이 쓰는 수경과 해녀 삼춘
들이 쓰는 수경은 모양이 다르다. 교
육생용은 마스크에 '코'가 달려있다. 그래
서 이 코 부분을 잡고 이퀄라이징* 할 수 있다. 그러나 삼춘 앞에
서 코 잡고 있는 모습을 들켰다간 "는 코 잡아부난 짚은 물에 못
데려간다게", "코 잡는 거 버릇되여"** 하고 혼나고 만다. 해녀 삼
춘들은 이퀄라이징 없이 물 밑으로 바로 내려가는 것을 정석으
로 여기기 때문이다. 우리는 이퀄 안 하면 귀가 아파 2미터도 못
내려가니 삼춘들 몰래몰래 코를 잡아야 한다.

**왜 이퀄라이징을
하면 안 돼요?**

해녀 삼춘들에게 수심
은 '견디는 것'이다. 견

해녀 삼춘용

쑥

딜 수 있을 때까지 수심을 타다가*** 더는 못 할 것 같은 구간이 오면 한계를 인정하라고 한다. 한계까지 가봤으면 자기 분수를 알고 그 안에서 살아야 한다는 뜻이다. 그래서 '상군은 타고나야 하는 것'이라는 말이 나왔나 보다. 하지만 영란 언니가 이퀄라이징 연습을 꾸준히 하다 보면 견딜 수 있는 수심을 어느 정도까지는 늘릴 수 있다고 했으니 열심히 연습하려고 한다.

앞이 뿌예서 안 보여요!

수경을 쓰고 있는 동안은 코로 숨을 쉬면 안 된다. 수경에 김이 서려 아무것도 안 보이기 때문이다. 우리 5기는 이번에 새 수경을 받아서 특히 김이 더 잘 생겼다. 코로 숨을 안 쉬어도 체온 때문에 김이 서리기도 했다.

한 번 김이 서리면 닦아내도 계속 김이 서리기 때문에 물에 들어가기 전에 미리 김 서림 방지를 한다. 수경에 필름도 붙이고 김 서림 방지제도 뿌리고 침도 발라보고 별짓을 다 해보지만 큰 효과를 보지 못했다.

....

* 압력평형기술. 수심이 깊어질수록 수압이 세져서 귀가 아프다. 이럴 때 손으로 코를 잡고 숨을 강하게 코로 내뱉으면 수압과 귓속 압력을 평형상태로 만들어 귀를 보호할 수 있다.
** "넌 코를 잡으니까 깊은 물에 못 데려간다", "코 잡는 것 버릇된다".
*** 깊이 들어가는 것을 뜻한다.

해결책은 우리 발밑에 있었다

바로 쑥. 물에 들어가기 직전 수경에 쑥을 문지르면 쑥즙이 김 서림을 방지한다는 것이다. 아 어쩐지, 그래서 해녀 삼춘들이 물에 들어가기 전에 항상 머리에 꽃 꽂듯이 모자와 수경 사이에 쑥을 꽂고 있었구나.

하늘이와 나는 삼춘들처럼 해보려고 길에 핀 쑥을 쑥 뽑아 수경에 문질러봤는데 여전히 김이 서렸다.

"너넨 삼춘들 하는 것도 안 봤시냐."

금희 언니가 우리 하는 꼴을 보더니 직접 시범을 보였다. 알고 보니 쑥을 돌에 문대 즙을 낸 후 수경에 문질러야 효과를 볼 수 있는 것이었다. 그렇게 했더니 정말 수경에 김이 하나도 안 서리고 은은하게 쑥 향까지 나 기분이 좋았다.

옛날 해녀들은 이걸 어떻게 알았을까? 각종 풀떼기를 일일이 문질러본 걸까?

고무옷 입고 언덕에서 대기하고 있는 해녀 삼춘들.
수경에 대강 끼워 넣은 쑥이 참 멋지다.

도전! 덕다이빙

덕다이빙은 잠수의 가장 기본 중 기본이다. 오리가 물에 들어갈 때 모습과 닮아서 '덕다이빙'이라 부르고, 머리부터 입수하는 자세여서 '헤드퍼스트'라 고도 한다. 이 기술은 익히기가 쉽지 않아서 배우는 데 오래 걸린다. 실습수업 종료 때까지 덕다이빙만 연습하는 학생도 있다.

● 덕다이빙 하는 법

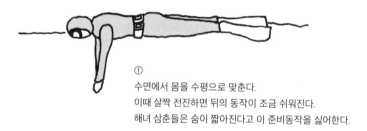

①
수면에서 몸을 수평으로 맞춘다.
이때 살짝 전진하면 뒤의 동작이 조금 쉬워진다.
해녀 삼촌들은 숨이 짧아진다고 이 준비동작을 싫어한다.

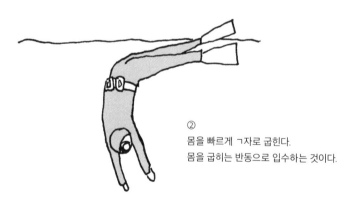

②
몸을 빠르게 ㄱ자로 굽힌다.
몸을 굽히는 반동으로 입수하는 것이다.

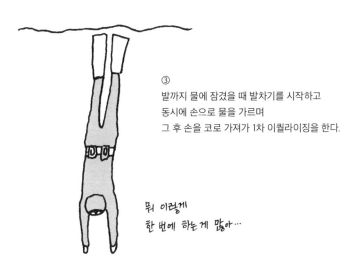

③
발까지 물에 잠겼을 때 발차기를 시작하고
동시에 손으로 물을 가르며
그 후 손을 코로 가져가 1차 이퀄라이징을 한다.

뭐 이렇게
한 번에 하는게 많아…

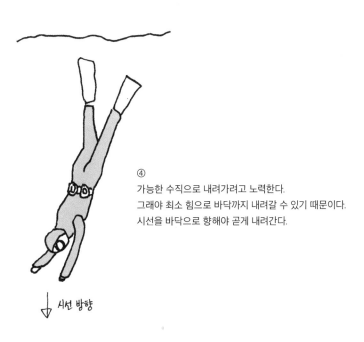

④
가능한 수직으로 내려가려고 노력한다.
그래야 최소 힘으로 바닥까지 내려갈 수 있기 때문이다.
시선을 바닥으로 향해야 곧게 내려간다.

시선 방향

⑤
바닥에 도착하면 골갱이로 돌 틈을 찍는다.
물속에서 이동할 때는 체력 보존, 숨 보존을 위해 발차기를 하지 않고
손이나 골갱이로 돌을 잡아가며 이동한다.
이때 골갱이의 방향은 정면이 아니라 안쪽 측면으로 한다.

골갱이는
안쪽을 향해서

⑥
물 위로 돌아올 때는 몸을 차렷 자세로
붙이고 올라온다. 물의 저항을 덜 받는
자세기도 하고 손에 든 골갱이 때문에
옆 사람이 다칠 수 있기 때문이다.

올라올 때 보는 바다 풍경은
정말 아름답다. 내려갈 땐
몰랐지만 생각보다 올라오는 길이 멀고,
깊고, 푸른 물에 햇빛이 아른거린다.

이퀄라이징에 대해 알아봅시다

스킨스쿠버, 프리다이빙에서의 이퀄라이징이란 귀 공간 안의 공기를 외부의 압력과 평형 상태로 맞추는 것을 의미한다.

우리 몸속의 장기 중 폐, 부비동,* 입, 귀에는 공기가 차 있다. 이 공간에 있는 공기는 기압의 영향을 크게 받는다. 특히 '귀'는 더 예민하게 반응한다.

예를 들면, 비행기 탔을 때 귀가 아프다는 걸 느낄 것이다. 고도가 높아지면서 기압이 낮아지고 귀 안 공기의 부피가 팽창해 귀가 먹먹해지는 것이다. 이때 침을 삼키면 귀 아픈 증상이 없어진다. 이 '침을 삼키는 행위'가 일종의 이퀄라이징이다.

반대로 물속에서는 수심이 깊어질수록 수압이 세지고 귀 안 공기의 부피가 줄어들기 때문에 귀가 아프다. 이때 코를 잡고 귀 쪽으로 공기를 불어 넣으면 귀 아픈 것이 사라진다. 이 '귀로 공기를 보내는 행위'가 이퀄라이징이다.

쉽게 말하면 물에 깊이 들어갈 때 귀 안 아프게 하려고 쓰는 기술이 '이퀄라이징'인 것이다.

이퀄라이징이 안 된 상태로 무리하게 다이빙을 하면 귀를 다칠 수 있다. 귓속 모세혈관이 터져 코피가 나기도 하고 중이염에 걸릴 수도 있다. 한번 귀를

....
* 코 안쪽 공간. 여기에 콧물이 쌓이는 증상을 '축농증'이라고 부른다.

다치면 약을 먹더라도 자연적으로 치유될 때까지 1, 2주는 쉬어야 한다. 그래서 선생님들은 '이퀄라이징은 귀 아프기 전에 미리 하는 거'라며 항상 주의를 준다. 귀에 딱지가 앉도록.

옛날, 해녀 삼춘들은 다이빙법을 체계적으로 배우고 물질을 한 게 아니었기 때문에 귀가 아파도 참고 물에 들어갔다. 그래서 귀가 잘 안 들리는 삼춘들도 있고, 만성 두통에 시달리는 분들도 있다.

해녀 다큐멘터리를 보면 물질 전 '뇌선'을 복용하는 장면이 자주 나오곤 한다. 꼬깃꼬깃 접힌 흰 종이를 펴면 나오는 하얀 가루, 해녀 삼춘들이 물질 전 꼭 먹어야 하는 진통제다. 요즘은 '게보린' 드신다.

물론 옛날에도 '이퀄라이징'에 대응할만한 나름의 교육법이 있었다. 얕은 바당부터 적응해가다가 깊은 바당으로 들어가는 것이다. 그래도 '귀가 아파 더 이상은 못 가겠다' 하는 지점이 오면 더 이상 내려가서는 안 된다. 그 수심이 자기 한계가 되는 것이다.

"바당에 가면 자기 한계를 알아야 한다", "상군, 중군, 하군은 체질적으로 타고나는 것이다"라는 말이 그래서 나왔나 보다. 이 말은 이퀄라이징에 대한 얘기였던 것이다. 어떤 사람들은 이퀄을 따로 안 해도 별 통증 없이 깊은 물속에 들어갈 수 있다. 이런 희귀체질을 타고난 사람들이 깊은 바당까지 가는 상군이 되는 것이다.

하지만 요즘 해녀는 다르다. 귀! 귀! 귀를 보호하는 이퀄라이징! 이퀄라이징을 꾸준히 연습하다 보면 더 깊은 곳까지 들어갈 수 있게 된다. 이퀄라이징을 열심히 훈련해 안전한 해녀 생활을 해야지.

물에 깊이 들어갈수록
압력을 강하게 받음.

이퀄라이징으로 몸 외부와 내부(귀·부비강)의
압력을 평형 상태로 만든다.

● **이퀄라이징 기본자세**

· 보일의 법칙 : 기체의 부피는 압력에 반비례한다.

  - 수면에서는 1기압 상태, 공기의 부피는 1배

  - 수심 10미터에서는 2기압 상태, 공기의 부피는 1/2배

  - 수심 20미터에서는 3기압 상태, 공기의 부피는 1/3배

· 물속 깊이 들어갈수록 수압은 세지고, 귀 안의 공기 부피는 줄어든다. 그래서 물속 깊이 들어갈수록 귀가 눌리는 느낌을 더 강하게 받는다.

· 수압과 귓속의 공기 압력을 평형 상태로 만들기 위해 코와 귀 사이의 공간에 공기를 불어 넣는다. 이 행동을 '이퀄라이징한다'라고 한다.

· 물속 깊이 들어갈수록 수압이 세지니 계속 압력을 맞춰주는 작업이 필요하므로 이퀄라이징을 여러 번 해야 한다.

이퀄라이징 방식은 토인비, BTV, 발살바, 프렌젤 등이 있는데 주로 발살바와 프렌젤을 사용한다. 특히 프렌젤이 발살바에 비해 공기를 덜 소모하기 때문에 프렌젤이 더 유리하다. 물에 깊이 들어갈수록 수압은 계속 세지므로 발살바든 프렌젤이든 물에 들어가면서부터 목표한 지점에 도착할 때까지 여러 번 해줘야 한다.

● 발살바 하는 법
· 코를 막고 → 입을 닫고 → 배의 힘으로 코를 '흥'하고 푼다.
· 코와 입이 막혀있으니 '흥'하고 불어넣은 공기는 귀로 간다. 귀에서 '찍' 소리가 나면 이퀄이 잘 된 것이다. 너무 세게 해도 귀를 다칠 수 있으니 적당한 강도로 자주 하는 것을 추천한다.

● 프렌젤 하는 법
· 코를 막고 → 입을 닫고 → 빠르게 혀뿌리를 목구멍 위쪽에 붙인다.
· 발살바와 마찬가지로 귀에 공기를 보내는 것이지만 발살바는 '흥하고 코를 푼다'로 직관적으로 이해되는 반면, 프렌젤은 '입 안의 공기를 혀의 움직임으로 코까지 보내는 것'이라 이해하기가 쉽지 않다.
· 하기도 어렵다. 평소에 안 쓰던 근육을 사용하는 거라 연습을 통해 근육의 힘을 길러야 이 동작이 가능하다. 하지만 프렌젤은 다른 기술보다 힘도 적게 들고 공기 소모도 적으니 깊은 물에 들어가려면 반드시 익혀야 한다.

해녀 삼춘들과 훈련생

2019년 6월 23일

6월 22, 23일. 손에 상처가 덧나서 강제로 실습을 쉬었다가 다시 물질을 시작한 첫 주. 22일에는 전에 안 되던 덕다이빙이 갑자기 잘 되어서 23일에는 처음으로 해녀 삼춘과 짝지어 물에 들어갔다.

일전에 언니들(훈련생)이 말한 대로 해녀 삼춘과 물에 들어가는 건 정말 힘들다. 강사님들은 회복 호흡의 중요성을 강조하며 "잠수 후에는 1~2분 정도 테왁을 잡고 쉬어라"라고 하는데 삼춘들은 쉴 새 없이 물에 들어가라고 한다.

"물에 오래 떵 이시민 물멀미 난다. 물멀미가 나민 물에 들어가라. 물에 들어가민 싹 나신다."*

"쉬멍쉬멍허민 실력이 안 는다. 삼춘이 안 시켜도 혼 번이라도 더 들어가젠 해사주."**

....

* "물에 오래 떠 있으면 물멀미가 난다. 물멀미가 나면 물에 들어가라. 물에 들어가면 싹 낫는다."
** "쉬엄쉬엄하면 실력이 늘지 않는다. 삼춘이 시키지 않아도 한 번이라도 더 들어가려고 해야지."

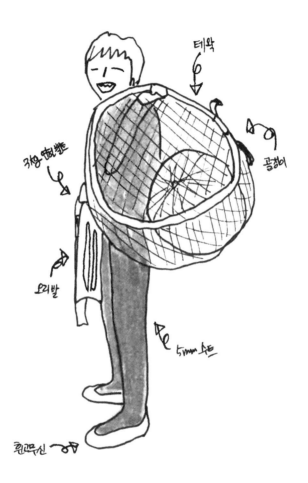

테왁

곰방이

까울 뜨레빵

오리발

5mm 수트

흰고무신

해녀 장비를 착용한 나

처음에는 긴장을 해서 그런지 자세가 흐트러져 덕다이빙이 잘 안 되었다. 그러자 삼춘은 연철이 부족해서 그렇다며 자신의 연철을 풀어 내 허리에 묶어주셨다. 연철 더 차면 위험할 텐데….

나는 필사적으로 강사님께 도움의 눈빛을 보냈지만 강사님은 날 못 본 눈치다. 연철을 더 차니 자세가 엉망이어도 잘 내려가긴 했다. 그런데 문제는 물이 눈 바로 아래까지 올 정도로만 뜬다는 것이다. 원래 얼굴까지는 떴는데. 이러다 꼬르륵 가라앉겠네.

너무 무서워서 삼춘께 연철을 돌려드리고는 "제가 발차기를 더 열심히 할게요!" 하고 애원했다. 그 뒤로는 연철을 더 차게 될까 봐 삼춘이 시키는 대로 열심히 잠수 연습을 했다.

삼춘들은 잠수 교육을 체계적으로 받은 게 아니라 오랜 경험으로 노하우를 터득한 것이기 때문에 삼춘마다 잠수법과 교육 방식이 다 달랐다.

다음은 나와 언니들이 만난 삼춘들 유형이다.

스파르타식 삼춘

이 삼춘은 숨 돌릴 틈을 안 준다. 만나자마자 바로 물에 들어가라고 한다. 나오고 나면 이번에는 자기가 물에 들어가는 거 보라고 한다. 그러고 나면 또 숨 참고 물속에 얼굴을 처박고 있어야 한다. 숨은 언제 쉬나요?

정통파 삼춘

해녀 스타일의 잠수를 고집하는 삼춘이다. 이 삼춘 앞에서는 코를 잡으면 안 된다. 코 잡으면 깊은 데 안 데리고 간다.

또 이유는 알 수 없지만 돌핀킥*을 하면 화를 낸다. "느가 인어공주냐!"**

안전제일 삼춘

돌담 안쪽 얕은 물에서만 수업하는 삼춘. "난 하군이라부난 짚은 물엔 못 가~."***

참견쟁이 삼춘

자신이 맡은 훈련생보다 다른 훈련생을 더 신경 쓰는 삼춘. 자기 훈련생 잘한다고 옆 삼춘한테 자랑하고. 다른 못하는 훈련생 참견하러 갑자기 훌쩍 떠난다.

어미새 삼춘

자꾸 뭔가를 먹이는 삼춘. 이 삼춘은 자꾸 어디선가 소라나 성게를 잡아 와 훈련생을 먹인다. 맡은 훈련생이 잠수를 너무 못

....
* 양발을 모아 돌고래가 꼬리로 치듯 물을 차내는 발차기.
** "네가 인어공주냐!"
*** "난 하군이라서 깊은 물에는 못 가~."

하니까 가르쳐줄 수 있는 건 없고, 수업 시간 동안 뭐라도 해주고 싶으니까 자꾸 뭘 먹이는 것이다.

들었던 후기 중에 희성 언니의 꾀부리는 팁이 가장 인상적이었다. 해녀 삼춘들은 입수 자세가 어떻든 물속에 들어가서 오래 있다 나오면 잠수를 잘하는 것이라고 생각한다. 그러니 물속에 들어가서 가만히 돌을 붙들고 발차기를 최대한 안 하면서 숨을 참고 오래 있다가 나오면 엄청난 칭찬을 들을 수 있다는 것이다. 희성 언니가 그렇게 꾀를 부렸다가 "는 나보다 잘헌다"*며 졸지에 당신의 뒤를 이을 에이스라는 소리를 들었다고 한다.

"가만히 있으면 뭐 하냐고 한 소리 듣지 않아?"

"그러니까 뭐라도 찾는 척하면서 고개도 좀 돌려주고 돌 잡고 이동하는 시늉을 내야지."

안타깝게도 환경파괴로 제주의 얕은 바다에는 잡을 만한 해산물이 거의 없다. 얕은 바다에서 수업받는 우리는 뭐라도 잡는 척해야 하는 것이다.

....
* "너는 나보다 잘한다."

엉뚱함이 매력인 수미 언니

수미 언니는 무심하게 툭 던지는 말이 너무나도 엉뚱해 다들 사랑할 수밖에 없는 캐릭터다. 언니는 크레파스 질감의 형광 핑크색 립스틱을 애용해서 멀리서도 눈에 잘 띈다. 물에서도 지워지지 않는 강력한 립스틱이라니!

언니가 학교 오토바이를 시승했던 일은 전설이 되었다.

실습이 있던 어느 날, 수미 언니는 학교 오토바이를 몰다가 원래 주인인 교장선생님을 만났다. 그러자 수미 언니, 전혀 당황하지 않고 교장선생님을 향해 엄지손가락을 뻗은 뒤 뒤로 척 넘기며 외쳤다고.

"야, 타!"

지난 물질 수업 때는 직접 제작한 마스크를 끼고 왔다. 수경으로 가려지지 않는 턱 부분이 햇볕에 너무 많이 탄다고 리프팅 팩을 잘라서 끼고 왔던 것이다. 그러나 물에 들어가자마자 벗겨져서 효과는 전혀 못 봤다고 한다.

핑크색 입술의
수미 언니
〈 아이섀도는 파란색 〉

무한 긍정의 아이콘 미연 언니

선생님이든 해녀 삼춘이든 뭐라고 얘기하면
즉각 "네"라고 말하는 무한 긍정의 미연 언니.
주변에선 "거절 좀 해라" 하며 걱정스러워하
지만, 사실 미연 언니는 이 모든 일을 바로
실행에 옮길 수 있는 에너지와 의지를 갖춘
사람이다.

언제나
"네~"라고 말하는
무한 긍정 미연 언니

처음 만난 건 해녀학교 면접 보는 날 화
장실에서였는데, 첫 만남부터 무척 인상
적이었다. 이날 정장을 입고 온 사람은 미연 언니
가 유일했다. 미연 언니는 화장실에서 분노에 차

그의 반려,
흰색 슌토 다이빙컴퓨터

혼잣말을 하며 정장을 편한 옷으로 갈아입고 있었다. 초면인 내가 무슨 일 있
었냐고 물어봤더니 오랫동안 사귄 동네 언니처럼 대답해주었다.

언니는 제일 첫 번째로 면접을 봤는데* 면접관들로부터 엄청난 태클을 받
았다고 한다.

"해녀 활동을 위해 이번에 선박 운전면허를 땄습니다."

"그렇게 재능이 많으신 분이니 다른 일을 알아보시는 게 좋을 것 같은
데요."

....

* 나중에 알게 된 사실인데, 면접 순서는 접수 순서였다고 한다. 이 또한 미연 언니의 민첩한
실행력을 알 수 있는 부분이다.

"아니~ 그렇게 타박할 거면 면접에 부르질 말던가. 아침부터 비행기 타고 왔는데~."

화를 내는데도 밝고 경쾌한 목소리가 호감형이었다. 언니는 면접이 끝나고도 한동안 동네 할머니들과 수다를 떨다 갔다.

미연 언니는 다이빙 컴퓨터*를 보유한 유일한 훈련생이다. 덕분에 수심 재는 셔틀로 부려지고 있다.

"미연아~ 여기 수심은 몇 미터니?"

"미연아~ 여기 들어와서 수심 좀 재봐라."

"미연아~ 이쪽도 재봐."

"금희 언니가 자꾸 불러서 귀에서 피가 날 것 같아요."

그래도 사람들이 부를 때마다 군말 없이 물에 들어간다.

....
* 다이빙 컴퓨터는 잠수 시 수온, 수심, 잠수 시간 등을 알려주는 전자시계다. 매우 비싸다.

우리들의 '최화정' 영란 언니

영란 언니는 스쿠버다이빙 강사 자격증까지 보유한 능력자이자 은둔 고수다. 수업 첫날 선생님이 다이버 자격증 있는 사람 손 들어보라고 했는데 이 언니는 맨 앞자리에서 모른 척하고 있었다.

"언니, 스쿠버다이빙 강사잖아요? 왜 손 안 들었어요?"

이유를 물어보니 자기가 할 줄 아는 게 많아 동네방네 모든 일을 도맡아 하다 보니 몸이 열 개라도 남아나질 않아서 몇 년 전부터는 몸을 사리며 살기로 했다고.

언니네 집에 놀러 갔다가 언니의 폭넓은 관심 분야를 엿볼 수 있었다.

거주한 지 몇 달 안 된 집에 다이빙 장비, 골프채, 라켓, 우쿨렐레, DSLR(디지털 일안 반사식 카메라), 전통 수예, 불경필사 도구까지, 온갖 취미용 도구가 갖춰져 있었다.

"언니, 회사도 다니고 애도 둘이나 키우면서 이런 취미생활은 언제 다 한대?"

"어떻게든 다 하게 돼 있어~."

또 모르는 걸 물어보면 친절하게 잘 가르쳐준다. 그래서 장비 살일 있으면 꼭 영란 언니의 추천을 받고 산다. 언니 덕분에 영업 당한 물건이 한두 개가 아니다. 오리발, 레깅스, 스노클, 헤모힘 등등 언니 템은 뭐든

영란 언니
(똑 캐피 있음)

좋아 보인다. 많은 시행착오가 있었기에 이렇게 많은 노하우를 가지고 있는 거겠지.

　우리 모두 해녀라는 꿈과 희망을 키우고 있는 와중이지만 이 언니의 꿈은 특히나 더 원대하다. 마라도에서 물질 트레이닝을 하고 육지로 진출, 울산 앞바다를 평정하고 일본도 가끔 다니는 슈퍼초울트라메가그뤠잇 해녀가 되겠단다. 우리들은 영란 언니가 하루빨리 울산 앞바다를 사서 우릴 초대할 그 날을 기다리고 있다.

골갱이로 쥐치 잡기

2019년 6월 29일

맙소사! 물질로 물고기를 잡을 수 있다니. 그것도 작살이 아니라 골갱이로!

쥐치를 잡아 온 사람은 초연 언니. 이날 물질로 쥐치를 세 마리나 잡았다고 한다. 언니의 말에 따르면 쥐치는 움직임이 느려서 골갱이로도 잡을 수 있다는 것이다.

"언니, 저 물고기는요?"

"그건 못 잡아. 껍질이 두꺼워서 골갱이가 안 들어가."

"초연아 저건?"

"저건 무지 빨라요. 물질로는 절대 못 잡아."

쥐치를 어떻게 잡냐고 물었더니, 조용히 다가가 골갱이로 팍! 찍으면 된다고 한다. 맙소사. 나도 물속에서 쥐치를 만난 적이 있

쥐치
(깨주리)

는데 그 녀석 엄청나게 빠르던데… 골갱이를 살짝 갖다 대니 화들짝 놀라며 도망쳐버렸다.

언니, 저렇게 빨리 도망치는 걸 골갱이로 어떻게 찍은 거예요?

물질이 끝나자 초연 언니는 골갱이로 잡은 쥐치로 회를 떠줬다. 알고 보니 평소에도 집 근처 바다에서 맨몸으로 쥐치를 잡는다고.
"언니, 회도 뜰 줄 알아요?"
"어, 먹고 싶어서 배웠어."

골갱이로 찍힌 자국.
가운데에 붉게 피가 배어있음.

언니가 쥐치 회 뜨는 걸 유심히 지켜봤다. 먼저 껍질을 벗기고 지느러미를 잘라낸다. 그런 다음 등뼈를 중심으로 반쪽만 살을 들어내 먹기 좋은 크기로 자른다. 나머지 반대쪽은 뼈가 있는 중심부를 들어낸 후 먹기 좋은 크기로 자른다. 생각보다 회로 먹을 수 있는 부분이 적었다. 그래서 살을 제외한 나머지는 매운탕으로 끓여 먹는다고 한다.
"매운탕거리는 너네 가져가. 나는 집 냉동실에 한가득 있어."
우와! 이것이 제주 생활의 진정한 내공. 멋지다!

쥐치 회는 무척 맛있었다. 비리거나 느끼하지 않을 뿐만 아니라 쫀득쫀득하고 고소하다.

바닷속에서의 손 골갱이

골갱이는 제주에서 호멩이라고도 부르는 호미이다. 삼춘들은 훈련생이 골갱이 안 들고 왔다고 하면 엄청나게 혼낸다.

"학생이 책을 안 가정온 건 전쟁터에 총을 안 가정온 거 영 고튼거여!"[*]

골갱이는 바닷속에서 손이나 다름없는 존재로 여러 상황에서 사용한다.

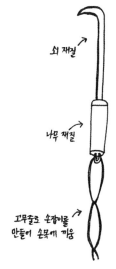

쇠 재질

나무 재질

고무줄로 손잡이를 만들어 손목에 끼움

• 잠수해서 바다 바닥에 이르면 우선 골갱이로 돌 틈을 찍는다. 물살에 떠내려가지 않게 몸을 고정하는 것이다.

• 작업하면서 이동할 때는 발차기를 안 하고 손과 골갱이를 이용해 이동한다. 이렇게 하면 체력 소모가 덜 된다.

• 돌 틈에 있는 해산물을 꺼낼 때도 골갱이를 사용한다. 성게 같은 건 가시 때문에 손으로 잡아서 꺼내면 매우 위험하다.

골갱이는 날이 짧지만 은근 날카롭다. 학교 올 때마다 수트 빼고는 다 짊어지고 다니므로 골갱이 역시 매번 들고 오는데, 흉기를 가방에 넣고 다니는 셈이라 기분이 묘하다.

·········
* "학생이 책을 안 가지고 온 것은 전쟁터에 총을 안 가지고 온 거랑 같은 거야! 이것도 그런 거야!"

테왁과 소라

2019년 6월 30일

오늘은 날은 맑았지만 바람이 세서 포구 근처 얕은 바당에서 수업을 했다. 오늘 나를 담당해줄 삼춘은 이름이 예쁜 민선 삼춘. "노래 부르는 삼춘 어디 계세요~" 하면 자기를 찾아줄 거라 했다. 아, 그러고 보니 우리 첫 수업 때 〈시집살이 어떱뎁까〉라는 민요를 불러준 삼춘이구나.

오늘 이 삼춘에게서 원포인트 레슨을 받았다.

테왁 잡고 이동하는 법
"거기 심지 말앙 여기 심으라. 영 심어야 심 안 들이고 좋다."*

테왁은 어음(나무테)을 중심으로 아래쪽엔 망사리(그물), 위쪽엔 부력을 받는 스티로폼이 있다. 작업할 때는 망사리가 아래쪽에 가게 놓고, 이동할 땐 뒤집어서 망사리가 위쪽으로 가게 놓는다. 이렇게 해야 이동할 때 편리하다.

....
* "거기 잡지 말고 여기 잡아라. 이렇게 잡아야 힘 안 들이고 좋다."

테왁
스티로폼 덩어리에 천을 씌움

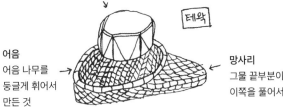

테왁

어음
어음 나무를
둥글게 휘어서
만든 것

망사리
그물 끝부분이 매듭으로 되어있어
이쪽을 풀어서 해산물을 꺼냄

이동할 때

이동할 때는 테왁을 뒤집어서
망사리가 위쪽으로 가게 한다.

작업할 때

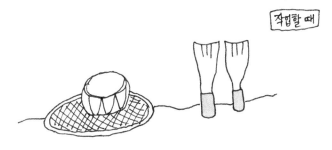

작업할 때는 테왁을 바로 놓고
물에 들어간다.

"삼춘, 전 이렇게 잡으면 자꾸 테왁이 뒤집혀요."

그건 내가 테왁을 너무 꽉 누르기 때문이란다. 테왁을 살짝 잡으면 뒤집히지 않는다. 그리고 이동할 때 잡는 손의 위치도 고쳐 줬다. 어음의 세 시, 아홉 시 방향 정도 되려나.

소라 구분법

뿔소라 윗면

훈련생과 짝지어진 삼춘은 처음 보자마자 다짜고짜 물에 들어가 보라고 한다. 이때가 가장 긴장되는 순간이다. 오늘은 얕은 바다라서 그런지 한 번에 쑥 잘 내려 갔다. 삼춘은 잘한다고 칭찬하면서 앞으론 물에 들어가면 뭐라도 잡아가 지고 올라오라고, 나중에 놔주더 라도 물건 들고 올라오는 버릇을 자꾸 들여야 실력이 는다고 했다.

뿔소라 옆면
뿔소라라고 그렸는데 마법램프 같다.

뿔소라 뒷면
뚜껑처럼 덮여있어서 살아있는 상태로 속살을 꺼내기란 거의 불가능하다.

"삼춘, 저는 성게는 잘 보이는데 소라가 잘 안 보 여요. 소라랑 돌이랑 구분이 안 돼요."

"돌에 뿔이 이시냐. 소라는 뿔이 달렸져."*

....
* "돌에 뿔이 있느냐? 소라는 뿔이 달렸다."

뿔소라는 어떻게 찾아요?

뿔소라 손질법

① 주변에 미역이나 감태가 있는 큰 여*를 찾는다. 소라는 여에 붙어있는 미역과 감태를 먹고 산다.

② 돌을 골갱이로 콱 찍고, 손으로 더듬어가며 이동한다. 최대한 숨을 길게 쓰기 위해 발차기는 최소한만 한다. 이동하는 데 숨을 다 쓰면 소라고 뭐고 하나도 안 보인다.

③ 소라는 바위 위에 붙어있는 경우도 있지만, 대부분은 돌과 돌 사이에 붙어있다. 손에 닿을만한 거리지만 잡으려고 하면 돌 틈에 손이 콱 껴버리는 그런 애매한 틈 사이에. 그래서 반드시 골갱이로 캐내야 한다. 손이라도 끼면 큰 사고로 이어질 수 있다.

소라는 돌로 깬다.
바위에 소라를 대고 돌로 내리쳐서 부순다.

우가우가 원시인이 된 기분.

....
* '여'는 물속에 잠겨 보이지 않는 바위를 뜻한다.

소라 말고 다른 건요?

전복은 씨 뿌린 데만 있고, 해삼은 겨울에만 난다. 보말*과 문어는 금채기와 상관없이 잡을 수 있다.

삼춘들은 물건 찾을 땐 돌을 뒤집어보라고 한다.
"족은 돌에선 족은 물건만 나고 큰 돌은 뒈싸야 큰 물건이 난다."**

하지만 내가 돌을 뒤집을 때마다 본 건 털 달린 낙지처럼 생긴 물건이었다. 낙지에 털이 달렸던가? 의심스러워서 언니들한테 물어보니 그건 불가사리 새끼라고 했다. 정말, 정말, 징그럽게 생겼다. 색깔이 거무스름한 게 낙지 같아서 불가사리라고는 생각도 못 했다.

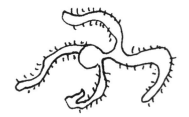

불가사리

동그랗게 작은 머리가 있고
긴 다리에 털 달림.

. . . .

* 제주도에서 바다고둥을 부르는 말.
** "작은 돌에선 작은 물건만 나고, 큰 돌은 뒤집어야 큰 물건이 난다."

웃기는 꼴이 되었다.
해녀복 + 수경으로 안 가려지는 부분이 햇볕에 탔다.
언니들은 '수염 자국'이라 부르며 웃었다.
난 그때, 우리 남편이 나한테 반한 얘기를 하고 있었는데…

성게

2019년 7월 2일

    6월 중순부터 7월 중순까지는 성게철로 성게에 알이 차는 시기다. 오늘 물질 연습 나가서 삼춘, 언니들이 까주는 성게를 처음 먹어봤는데, 그동안 맛본 적 없던 맛이 났다. 해산물이어서 비릴 줄 알았는데 전혀 그렇지 않다. 향긋한 바다 향에 버터 맛까지 났다.

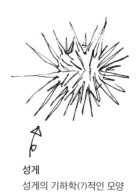

성게
성게의 기하학(?)적인 모양

알이 찬 성게
알이 망가지지 않게 잘 열어야 한다

성게알만 모아서
납품한다

성게알을 파기 위한 숟가락

성게를 처음 봤을 땐 까맣고 뾰쪽뾰쪽한 게 바닷속 별 같아 도저히 먹을 수 있는 것처럼 보이지 않았다. 성게를 깨야 먹을 수 있다는 소리를 듣고 소라처럼 돌멩이로 쳐서 부줬더니 알과 내장이 다 섞여버려 쓴맛만 났다.

그러다 언니들로부터 성게 까는 법을 배웠다. 성게 아랫부분을 보면 작은 구멍이 있는데 이 부분을 골갱이나 칼로 살짝 찍은 다음 비틀면 성게를 잘 쪼갤 수 있다. 그리고 커피숟가락으로 성게알을 조심스럽게 파내는 것이다.

삼춘들은 작은 바가지에 바닷물을 떠 놓고 그 위에 체를 올려놓은 후 거기에 깐 성게알을 모아놨다가 살짝 헹궈서 통에 옮겨 담는다. 바닷물에 헹궈야 알이 부서지지 않기 때문이다. 성게알을 열심히 모으면 1킬로그램에 10만 원. 하지만 테왁으로 하나 가득 잡아봐야 성게알 1킬로그램을 겨우 채울까 말까다.

마라도 다녀온 언니들이 말하길 마라도 성게는 크기도 크고 알도 꽉 차 있다고 한다. 숟가락으로 알을 떠내면 알 모양이 탱탱하니 그대로 유지된다고. 그곳에서 성게 손질을 도우려고 했더니 삼춘들이 상품 망가진다고 못 하게 했단다. 마라도 성게알은 특상품이어서 1킬로그램에 16만 원씩 받는다.

성게를 숟가락으로
파고 있다

성게 껍데기
버리는 통

바가지에 바닷물을 담고
그 위에 체를 올려
성게알만 모은다

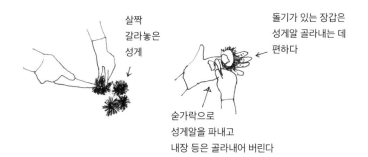

살짝
갈라놓은
성게

돌기가 있는 장갑은
성게알 골라내는 데
편하다

숟가락으로
성게알을 파내고
내장 등은 골라내어 버린다

올해는 제주 전역에서 성게가 덜 여물었다고 삼춘들이 한탄을 했다. 꽤 큰 돈을 만질 수 있는 작업이어서 예전에는 성게를 밤새도록도 깠다는데 올해는 성게 작업을 안 하는 지역이 많다고 한다.

그래도 성게 해오는 삼춘들을 보면 우리가 해오는 성게보다 알도 크고 꽉 들어차 있다. 삼춘들이 알려준 성게 잡는 팁은 바닥에 굴러다니는 성게 말고 돌 틈에 있는 성게를 캐야 한다는 것. 그래야 알이 꽉 차 있다고 한다.

요즘 제주도에 물건 없다는 소리를 정말 많이 듣는다. 이제야 환경파괴와 기후변화가 얼마나 심각한지 실감이 난다. 수업 때 오신 토목 전공 교수님은 지금의 상황이 매우 비관적이라고 했다.

"나빠지면 나빠졌지 좋아질 수는 없습니다. 우리가 할 수 있는 일은 환경을 덜 파괴하려고 노력하는 일 뿐입니다. 환경을 원래대로 되돌려놓을 순 없어요."

들으면 들을수록 답이 없다. 쓰레기 유입, 공사로 인한 지형 변화, 수온 상승, 담수 유입 등으로 바다 환경이 자꾸 변하는데 이는 제주도에 사람이 사는 이상 가속화될 수밖에 없는 일이라는 것이다.

담수 유입 문제만 해도 해결할 방법이 없다. 우리가 사용한 물은 하수처리시설을 통해 정화한 후 바다로 돌려보내는데, 정화

했으니 문제없는 거 아닌가 싶겠지만 이조차도 오염인 것이다. 하수처리시설이 없을 때는 빗물과 개울물이 자연스럽게 바다로 흘러들어 바닷물의 염도가 일정하게 유지되었으나 하수처리시설이 생긴 뒤로는 정화한 물, 즉 담수를 대량으로 흘려보내다 보니 바닷물의 염도가 급격하게 변하게 되고, 많은 바다 생물이 서식지를 잃게 된다고 했다. 우리가 수돗물을 사용하는 행위 자체가 환경 파괴에 일조하는 것이다.

자연과 더불어 사는 것은 문명의 편리함을 포기해야만 가능하다. 우리가 그렇게 살 수 있을까? 일단 지금 내가 할 수 있는 건 '덜 하는 일'밖에 없다. 자동차를 덜 타고, 물을 아껴 쓰고, 전기를 덜 쓰고, 물건을 덜 사고, 쓰레기를 덜 배출하는 것.

해녀 선배를 만나다

2019년 7월 6일

유경 언니와 미연 언니, 나는 ○○리 어촌계에 인턴으로 지원했다. 그러던 중 너무나도 감사하게 ○○리 어촌계 이야기를 들을 수 있는 자리가 마련되었다. 학교로 ○○리 어촌계장님과 이 마을에서 활동하고 있는 2기 해녀 선배들이 방문한 것이다.

먼저 선배들이 ○○리에서 해녀로 살아가는 이야기를 해주었다.

"우리는 물질을 잘하는 해녀를 뽑아요."

배를 타고 나가서 다섯 시간 동안 해녀를 풀어(?)놓는다고 했다.

"중간에 나올 수 없어요. 다섯 시간 후에나 배가 오니까요. 개인적인 방법으로야 뭍으로 나올 순 있겠지만 그러면 '쟤는 중간에 나온 애다' 하고 소문나서 다음부터는 물에 못 들어가요."

우리들은 선배한테 궁금한 것들을 물어보았다.

"수입은 어느 정도 되나요?"

"저희는 장사를 안 하기 때문에 물질 소득만 있는데, 2~3년 차인 저희가 한 달에 40~50만 원 정도 벌어요. 이것만으로는 생활이 안 되니까 각자 개인적인 방법으로 생계를 유지하고 있어요."

"한 달에 물질은 며칠이나 나가나요?"

"일단 물때가 되면 날씨가 어떻든 모여요. 그 후 상황을 보고 물질을 나갈지 말지 결정해요."

"그러면 다른 일과 겸업하면서 하긴 힘들겠네요."

"그렇죠. 고정적으로 출근해야 하는 일은 겸업하기 어렵죠. 게다가 물질 외에도 공동체에서 하는 행사가 많기 때문에 그걸 준비할 시간도 많이 필요하고요."

"해녀 일을 바탕으로 다른 소득을 얻을 방안을 계획하고 계신 게 있나요?"

"개인적으로 그런 걸 준비한다면 막을 사람은 없겠죠. 그러나 공동체에서 준비하고 있는 것은 없어요. 우리 어촌계는 물질을 굉장히 중시하는 곳이어서 해녀라면 일단 기본적으로 물질을 잘해야 한다고 생각하거든요. 물질을 잘하면서 다른 것도 하는 건 뭐라 하지 않아요. 하지만 물질도 못하는데 여기저기 기웃거린다면 공동체에서 받아들여지기 힘들겠죠? 실제로 신입들 중에 이것저것 기획을 가지고 와 공동체에서 가르치려 들거나 바꾸려고 하는 분들이 간혹 있어요. 하지만 공동체에 대해 잘 알지도 못하고 또 물질도 못하는 사람의 말을 누가 들으려 하겠어요?"

마지막으로 선배 해녀들이 당부의 말을 했다.

"저희는 물질이 좋아서, 바다가 좋아서 해녀가 된 사람들이에요. 그런데 그 진의를 믿지 않으려는 사람들이 많더라고요. 물질 자체를 좋아하는 것이 아니라면 저희 마을에서 활동하는 건 힘들 겁니다. 어촌계마다 분위기가 조금씩 달라요. 어느 곳은 개인플레이로 물질 나갈 사람만 나가는 곳도 있고, 어느 곳은 장사나 체험사업을 중시하는 곳도 있고. 잘 알아보시고 깊이 고민하신 후에 결정하시길 바라요."

생각했던 것보다 현실은 더 막막했다. 분명 겁주려고 더 과장한 부분이 없지 않을 거라 생각하지만, 대부분은 진실일 것이다. 같이 상담을 받은 미연 언니한테 오늘 들은 얘기 어땠냐고 물어보니 언니는 ○○리에 가고 싶은 생각이 더 커졌다고 한다.

"여기까지 와주셨다는 건 우리한테 애정이 있다는 거잖아. 신입을 받겠다는 마음도 있고. 나는 그것만으로도 너무나 감사하게 생각해."

"언니 저번에 □□리, ◇◇리 가서 상처 많이 받았나 봐요?"

"아, 응."

어느 어촌계장님의 말씀

"전에 신입 애들을 받았는데 힘들다고 다 도망가고 마을 물만 흐려놨어!"
무슨 일이 있었던 걸까? '마을 물'이란 무엇일까?

최근 '물질 잘하는 신입 해녀를 원한다'는 말의 속뜻을 알게 되었다.
물질을 못하면 근해에서 작업하는 삼촌들과 바다를 나눠 써야 하지만, 물질을 잘하면 먼바다로 보낼 수 있으니 선호한다는 것이다.
대부분의 어촌계에서는 신입 해녀는 원하지 않는다. 제주도청에서는 해녀의 고령화로 해녀 수가 줄고 있다며 신규 해녀를 양성하려 하지만 실제로 어업활동을 하는 어촌계에서는 상황이 다르다. 바다 환경이 변해 해산물이 많이 줄어들었기 때문에 신입 해녀가 오늘 걸 그닥 반기지 않는다. 특히 신입 해녀들은 실력이 모자라 근해에서만 조업하는데 먼바다에서 활동하기 힘든 고령의 해녀들 몫을 빼앗기 때문이다.

해녀 학교 선생님들도 이 문제를 해결하기 위해 어촌계를 찾아다니고 각 행정부처와 논의하고 있지만 잘 해결되고 있지 않은 것 같다. 공동체 구성원을 받는 일은 이권이 걸려있는 문제라 타협하기가 쉽지 않기 때문이다. 게다가 어촌계는 옛날부터 자치규약으로 운영되기 때문에 정부가 강제할 수 있는 부분이 많지 않다.* 공동체 문화야말로 '제주 해녀'의 근간이기에 함부로 건드릴 수가 없는 것이다.

....
* 신입 해녀를 받으면 그 어촌계 종폐사업(해산물 종자를 바다에 뿌리는 사업)에 가산점을 주는 정책이 있긴 하다. 하지만 이 가산점은 다른 걸로 채우면 그만이다.

발이 넓은 예진 언니
제주도 전역에 지인이 있어 한 다리 건너면 다 아는
사람이다.
어촌계 소식을 잘 알고 있어 해녀 사회의 최신 뉴스를
전해준다.

운동 만능의 금희 언니
"야, 해보자 해보자"
물질 연습, 어촌계 방문, 뒤풀이 같은 모임이
금희 언니의 말로 시작되는 때가 많다.

제주도에서 해녀 되기

언니들과 밥을 먹으며 어느 지역으로 인턴을 지원할지 정보를 교환했다. 요즘은 모이기만 했다 하면 그 얘기다.

제주도에서 해녀가 되려면 여러 단계를 거쳐야 한다. 먼저 해녀학교를 수료한 후, 앞으로 활동할 어촌계에 인턴으로 들어간다. 인턴 과정을 마치고 그 지역 어촌계에서 신입으로 받아준다고 허락하면, 그 어촌계 견습 해녀로 물질을 할 수 있다. 견습 해녀로 물질을 하다 수협 조합원 가입 요건*을 충족하면 출자금**을 내고 수협에 가입한다. 수협 가입 후 1년에서 3년 정도 물질을 하다가 어촌계에서 '얘는 우리 어촌계 해녀다' 얘기가 나오면 마을 총회가 열린다. 여기서 만장일치 찬성으로 받아들여지면 드디어 어촌계 가입비***를 내고 정식 해녀가 되는 것이다.

● **제주도에서 해녀가 되기 위한 과정**
해녀 학교 수료 (80시간) ⋯➔ 해당 어촌계 인턴 (8회) ⋯➔ 해당 어촌계 견습 해녀 (연 60일 이상 조업) ⋯➔ 수협 조합원 가입 (출자금 예치) ⋯➔ 마을총회에서 허가 (만장일치 찬성) ⋯➔ 정식 해녀 (어촌계 가입비 납부)

....
* 조업 연 60일 이상 또는 물질 소득 연 100만 원 이상 되어야 한다.
** 조합원이 되기 위해서 수협에 투자하는 금액. 예금처럼 개인 통장에 돈을 예치한다. 지역 수협마다 최소 금액이 조금씩 다른데, 300만 원에서 400만 원 정도다.
*** 예금 성격을 가지고 있는 출자금과 달리 한 번 내면 돌려받을 수 없다. 어촌계마다 가입비가 다른데, 대략 400만 원에서 1,000만 원 사이로 어촌계 자산에 비례하여 금액이 정해진다. 부자 어촌계일수록 가입비가 비싸다.

졸업 후 인턴 기회는 단 한 번뿐이다. 이번 인턴 기회를 놓치면 해녀가 될 방법은 없다고 봐야 한다.[*] 게다가 중간에 어촌계를 옮기는 것은 불가능하기 때문에 처음부터 인턴 활동할 지역을 잘 선정해야 한다.

몇 주 전부터 행동력 좋은 언니들은 직접 어촌계들을 찾아다니며 그 지역 해녀 삼춘들과 인사하고 어촌계장님을 만나 얘기를 나누고 왔다. 찾아가면 환영해주지만 해녀로 받아주겠다고 하는 곳은 많지 않더란다. 해녀를 안 받겠다는 지역이 대부분이고 받아도 인턴까지만 허락해준다는 것이다.

제주도에서 해녀 되는 일은 참 쉽지 않다. 인턴 받아주는 어촌계 찾기도 어렵고, 견습 기간은 길고, 어촌계 가입비는 비싸고, 소득은 적고, 신입으로서 공동체에서 해야 할 일은 많다.

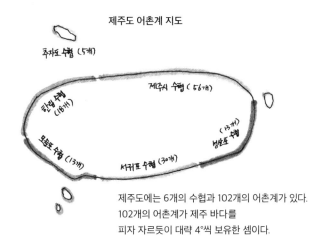

제주도 어촌계 지도

추자도 수협 (5개)

제주시 수협 (56개)

한림 수협
(18개)

(13개)
성산포 수협

모슬포 수협 (13개)

서귀포 수협 (30개)

제주도에는 6개의 수협과 102개의 어촌계가 있다.
102개의 어촌계가 제주 바다를
피자 자르듯이 대략 4°씩 보유한 셈이다.

....

* 어촌계 청년과 결혼하면 해녀가 될 수 있다는 소문이 있긴 하다.

진순 언니 경험담

2019년 7월 7일

진순 언니네 오피스텔에서 나와 첫 차 타러 가는 길.

풍랑주의보로 수업이 연기되었다. 날은 흐리지만 공기가 맑았다. 그리고 바람이 무척 많이 불었다.

"오늘 날씨 너무 기분 좋지 않니~?"

"언니, 이렇게 바람이 많이 부는데? 애기들은 바람에 막 날아가겠어요."

"나는 기분이 좋으면 잠에서 일찍 깨. 주말에 회사 안 갈 땐 막 다섯 시에도 일어나곤 했어. 회사 갈 때는 일곱 시 반에 일어났는데."

진순 언니는 해녀가 되려고 2016년부터 육지의 어촌계들을 찾아다녔다고 한다.

"왜 다른 것도 아니고 해녀였어요?"

"글쎄. 스킨스쿠버를 해보고 나니 꼭 해녀를 해야겠다는 생각이 드는 거야. 해녀는 정직한 직업이잖아. 자연 속에서 내가 일한 만큼 돈 벌고."

첫 번째로 찾아간 곳은 강원도 고성. 그곳 이장님은 마을에 6개월만 거주하면 흔쾌히 해녀로 받아주겠다고 했다. 하지만 언니는 그 마을을 선택하지 않았다.

"내가 생각한 바다가 아니었어. 비린내도 심하고 작업환경도 열악하고. 그땐 내가 해녀라는 직업에 환상이 있었나 봐."

두 번째로 찾아간 곳은 영화 서편제에 나오는 청산도라는 섬. 그곳 이장님도 환대했다. 다만 집에 가서 잘 생각해보고 다시 찾아오면 그때 시켜주겠다고 했다.

"이장님이 엄청 친절하셨어. 열심히 하면 돈벌이도 된다고 말씀하시고, 여기 와서 해녀 되라고 연습할 수 있는 바다도 알려주시더라. 하지만 그 섬까지 가는 데 너무 오래 걸려서 가족들을 자주 만날 수 없겠더라고."

그다음으로 오게 된 곳이 제주도. 언니는 제주 바다를 처음 봤을 때 너무 깨끗하고 아름다워서 깜짝 놀랐다고 한다. 예전 남부 이탈리아 여행 갔을 때 본 바다 같아 설렜다고 했다.

언니는 제주에서 해녀가 되기 위해 한수풀해녀학교를 다녔다. 하지만 해

진순 언니

063

녀가 될 순 없었다. 언니가 다녔던 코스는 전문 해녀를 양성하는 과정이라기보단 '해녀 체험'의 성격이었기 때문이다. 그래서 올해 법환좀녀마을해녀학교를 또 다니게 되었다.

"교장선생님이 면접 볼 때 다섯 명 중에서 나만 공격하더라고. '박진순 씨, 한수풀, 법환해녀학교 둘 다 국비로 운영되는 학교 인데, 왜 두 번씩이나 국비지원교육을 받으려는 거죠?' '해녀가 되기에는 나이가 너무 많은데요. 마을에서 안 좋아할 것 같은데 어떻게 하시겠습니까?' 살면서 나이 때문에 그렇게 서러웠던 적도 없었지. 인턴 받아 줄 곳 찾아다니는데 45세 이상은 안 받겠다는 곳도 많았고. 신 규해녀 지원금도 나이 많으면 안 준다고 그러고. 처음 가졌던 열 정이 사라지는 것 같아서 너무 힘들었어. 내가 뭐 때문에 가족도 두고 여기에 왔는지."

"너는 물질하러 가기 전에 기분이 어때?"
"전 긴장돼요. 하기 전엔 잘할 수 있을까 긴장되고, 끝나고 나면 너무 힘들어서 과연 내가 해녀가 될 수 있을까라는 생각이 들고."
"미연이, 금희는 물질이 막 설레고, 하면 즐겁고 그런다더라! 난 걔네가 젤 부러워. 나는 바닥에 잘 안 내려가지고 물건도 잘 안 보이고 그러니까 힘든 마음만 점점 커져."
"그래도 언니, 저번 수업 때는 한 시간 하면 지쳤는데 그다음

수업에선 두 시간 하면 지치고 이번 수업에선 세 시간 하면 지치고 하니까, 나아지는 게 보이니까 할 수 있는 것 같더라고요."

"그래. 누가 그러더라 노동도 적응되더라고. 마라도에서 코피 터지도록 물질하는데 그게 또 적응이 되더라는 얘기 있잖아. 난 그 말이 이상하게 위로가 되더라고."

마라도에서 물질하기

점심을 먹으면서 희성 언니가 마라도 얘길 꺼냈다.

"마라도 해녀인 지인이 그러더라고. 마라도로 오라고. 마라도 오면 무조건 물질 가르쳐준대."

마라도는 작년까지 다른 어촌계에 속해있다가 분리가 되었기 때문에 기존 해녀, 신입 해녀 둘 다 수가 적다.

"마라도는 상군, 중군, 하군 개념이 없대. 작업하는 바다가 전부 수심이 10미터 이상이니까 상중하가 안 나눠지는 거지. 마라도에서 물질할 수 있으면 어느 바다에서든 물질할 수 있대. 신입도 가르쳐서 바다 내보내니까 일단 오라고."

신입도 환영한다는 어촌계가 있다는 얘길 들으니 다들 마음이 혹했다.

"근데 언니, 그거 아세요? 가파도는 파도가 가파르게 쳐서 가파도래요. 마라도랑 가파도는 한 달에 5일 이상 풍랑주의보가 뜬대요."

"아… 그렇지! 일단 살아야지? 목숨이 먼저지. 에효…."

희성 언니는 한숨을 쉬고는 그 지인의 신입시절 이야기를 해주었다.

"처음엔 수심이 적응이 안 돼서 코피 터지고 고막에 염증이 나고 그러더래, 그래도 약 먹으면서 계속 물질을 하니까 또 그게 적응이 되더라는 거야."

고통도 일상이 되는 해녀의 삶. 무시무시하다.

언니들과 함께하는 점심 풍경

멸치를 먹을 수 있는
양푼비빔밥

보온병에 싸온
전복죽

삶은 감자
과일

데우기만 하면 되는
김치 찌개

김치·짠지 등
밑반찬

언니들이랑 있으면 먹을거리가 떨어질 일이 없다.
누가 뭘 싸 오기로 약속한 것도 아닌데
어느 날은 누가 감자를 쪄오고, 어느 날은 누가 죽을 해오고,
어느 날은 누가 비빔밥을 해온다.
" 야, 아줌마들만 모이니까 먹을 게 떨어지질 않네.
    나 이런 모임은 처음이야. "

인턴 지역을 바꾸다

2019년 7월 9일

결국 유경 언니가 맘을 바꿔 인턴 지역을 색달 어촌계로 바꿨고, 나도 덩달아 바꿨다.

"나는 무조건 유경 언니 판단 믿고 따라갈래!"

지역을 바꾼 가장 큰 이유는 ○○리 역시 물건이 많지 않다는 것. 우리 기수 언니들이 ○○리 선배들을 찾아간 적이 있는데 그곳 반응이 좋지 않았다는 것이다.

"물건도 적은데 왜 여기로 오냐는 거야."

제주도 102개 어촌계는 저마다 바다 상황이 다르다. 물건이 나지 않는 바다도 상당수 있다. 게다가 ○○리는 물질 외에 따로 장사나 사업을 하지 않기 때문에 생활비 벌기도 힘들 것 같았다.

색달의 가장 큰 장점은 당일 잡은 물건을 해수욕장 손님들에게 바로 팔기 때문에 즉시 현금이 들어온다는 것이다. 색달 해녀 회장님이 직접 학교에 오셔서 장사할 마음 있으면 색달 어촌계 인턴으로 오라고 홍보까지 하고 갔다. 신입 해녀는 고사하고 인턴조차도 안 받겠다는 어촌계가 대부분인데, 오라고 환영해주는 곳이 있으니 반가울 수밖에.

그리고 색달에 다녀온 언니들이 말하길 색달은 물건이 많다고 했다. 색달해변은 천연기념물인 바다거북의 산란지로도 잘 알려져 있고 바다가 깨끗하기로도 유명하다.

유경 언니와 함께 교장선생님을 찾아갔다. 교장선생님의 인턴 지원 노트에는 '정유경·이아영 ○○리/확정'이라고 적혀있었다.

"저희 인턴 지역 바꾸려고 하는데요."

"안 돼. 그런데 왜?"

"○○리에서는 생활비 벌기도 힘들 것 같아서요. 색달에서는 장사를 할 수 있으니까."

"색달 가면 다를 것 같아? 똑같이 힘들어. 내가 봤을 때는 둘 다 시집가는 게 가장 나은 길이야."

"저는 벌써 시집갔는데요."

"너네가 ○○리 안 가면 ○○지역 인턴은 누구더러 채우라고. 안 돼."

"저희는 해녀 될 수 있는 길이 이번 기회 한 번밖에 없는데, 인턴 하고 나서는 다른 지역으로 이동할 수도 없잖아요. 저희 처지도 생각해주세요"

"우리 법환에서 해녀의집 장사시켜줄 테니까 인턴 들어올래?"

"법환에서는 지금까지 인턴까지만 받고 해녀로 받아준 선례가 없잖아요."

"누가 그래. 올해 정식으로 해녀 두 명 받았어."

"죄송합니다. 그 자료는 미처 못 봤어요."

"언니, 더 생각해볼래?"

"안 돼. 이제 더는 인턴 지역 결정 미룰 수 없어. 저희는 색달로 하겠습니다."

"알았어."

내가 장사할 수 있을까?

금희 언니가 걱정스러워하며 조언했다.

"아영아, 유경아. 너네 색달 한번 가봐. 가서 물질도 해보고 장사도 도와봐야 너희하고 맞는지 알 수 있어. 우리도 색달 갔었는데 물질하는 데까지 한시간도 넘게 헤엄쳐야 하더라고. 나올 때도 마찬가지야. 그 무거운 망사리를 끌고 한 시간을 도로 헤엄쳐서 나와야 해."

진순 언니가 옆에서 거든다.

"미연이는 죽을라고 하더라. '언니, 나 이제 금희 언니 안 따라다닐래' 했어. 난 미연이 화내는 거 처음 봤다."

예진 언니는 장사 도운 얘기를 해줬다.

"어촌계장님이 장사도 해보라고 해서 그날 바로 일 도왔잖아. 손님들한테 '저희 신입 해녀라서 실수가 많을 거예요. 예뻐해 주세요' 하니까 손님들이 '어, 애기해녀구만!' 하면서 좋아해 주더라고. 소라를 네 개에 만 원 해서 착착 썰고 성게도 싹싹 긁어서 말이지~."

예진 언니는 애들 유치원 보내는 것만 아니라면 색달에 지원했을 거라고 했다.

"색달은 어촌계장님이 꽉 잡고 있는 데다가 신입 받는 거에도 꽤 적극적이야. 나도 우리 애 문제만 아니면 고민 없이 색달 썼을 거야. 장사도 적성에 맞고. 그날 계장님이 인당 5만 원씩 해서 우리한테 20만 원 주셨다!"

그리고 색달 해녀의집 이야기도 해줬다.

"거기 해녀의집은 운영을 안 해. 후미진 곳에 있고 해녀들이 다들 밖에 나와서 장사를 하니까. 거기서 해물라면 장사하면 딱 좋겠더라. 회 먹으면 국물

땡기잖아. 메뉴는 해물라면 딱 한 종류만 해야 재고 관리하기 편할 거야! 매운 맛, 중간 맛, 순한 맛으로 해서 가족 단위 손님도 받을 수 있게 하면 어때? 어촌계장님이 거기 써도 된다고 하셨거든."

언젠가 공간 운영을 해보고 싶다는 생각을 하고 있던 차라 나는 그 얘기에 무척 관심이 갔다. 우리가 해녀의집을 직접 운영할 수 있다면? 물론 재료 수급 문제부터 기존 삼춘들과의 상권 문제, 레시피 관리 같은 문제 말고도 생각지도 못했던 문제가 많이 발생할 것이다. 처음 들어가면 장사고 뭐고 간에 물질부터 잘해야겠지. 삼춘들과의 관계도 좋아야 할 것이고.

공간을 운영한다면 어떤 모습으로 꾸밀지 상상하다 보니 마음이 설렜다. 해녀와 바다에 관한 그림들을 벽에 붙이고 싶다. 내가 들었던 문어 할망 얘기, 수애기* 얘기 같은 바다의 일상도 공유하고 싶다. '해녀의집'에서 손님들이 '해녀'와 '바다'를 느끼고 갈 수 있다면 얼마나 좋을까. 유경 언니는 벌써부터 일식 조리사 자격증을 알아보고 있단다.

·········

* '돌고래'의 제주어.

우리동네 문어달망

문어를 제일 잘 잡는 순화 삼촌!

수애기들

돌고래가 가끔 나타나요!
원담 안쪽까지 들어와서
물고기를 먹다 갑니다.
＊원담 : 물속에 쌓아놓는 담.

뿔소라

제주 바다 머포 해산물 뿔소라!
군불에 삶은 뿔소라를 드셔보세요.
쫄깃쫄깃 고소해요～

골갱이

해산물을 캐내는 물질 도구
제주에서는 호미를 골갱이라 불러요

벽에 붙인다면 이런 그림을…!
바다에서의 일상을 손님들과 공유하고 싶다.

색달 물질 체험기

2019년 7월 12일

    금희 언니, 유경 언니랑 바리바리 장비를 싸 들고 색달 바다에 물질 연습하러 왔다.

    이날은 파도가 센 편이었다. 해녀 삼촌들은 여섯 시 반에 모여 작업하는 곳으로 갔고, 우리는 아홉 시 반에 모여 해녀의집 근처 바다에서 연습하기로 했다.

    파도가 세면 물에 들어가는 것조차 힘들다. 물에 들어가자마자 파도에 쓸려 바위에 부딪힐 수 있기 때문이다. 다행히 금희

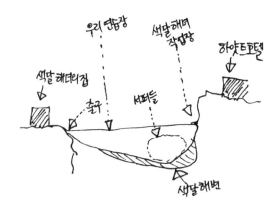

언니가 파도 들어오는 타이밍을 잘 잡아줘서 무사히 들어갈 수 있었다. 입수지역에서 한 800미터쯤 이동해 연습했다.

"아영아, 유경아, 이동하면서 지형을 잘 봐. 물건 있을 만한 곳도 잘 살피고."

물이 굉장히 맑았다. 햇빛도 좋아서 수면 위에서도 소라가 보일 정도였다. 우리가 연습한 곳은 수심이 대략 4미터 전후였다. 오늘은 소라 20마리 잡아야지!

언니들이 색달 바다는 물질하기 힘든 곳이라고 겁을 많이 줬다. 작업하는 곳까지 2~3킬로미터를 테왁을 잡고 헤엄쳐서 이동해야 하기 때문이다. 그래도 다행인 점은 색달은 잡은 물건을 그날 그날 장사해서 팔아야 하기 때문에 물질 시간이 다른 어촌계보다 짧다. 다른 지역은 다섯 시간 정도씩 한다고 한다. 오늘은 최대한 버틸 수 있는 만큼 해보기로 했다.

바다가 정말 아름다웠다. 바닥을 찍고 올라오는데 수면 근처에서 햇빛이 여러 갈래로 퍼져 애니메이션에서나 볼 수 있을 듯한 풍경이 펼쳐졌다. 그렇지만 제대로 감상하기는 힘들다. '빨리 쉬고 빨리 들어가서 소라 하나라도 더 잡아야지' 하는 욕심 때문에 풍경 감상하고 있을 시간이 없다.

해녀 삼춘이 물에 들어가면 뭐 하나라도 가지고 나와야 한다고 가르친 게 이제야 이해가 되었다. 힘들게 들어갔다 빈손으로 나오면 그렇게 억울했다.

소라는 보통 바위틈에 있는데 여기는 넓은 바위 위에 소라가 막 붙어있다. 들락날락하며 열심히 주워 올렸다. 나중에 혜윤 언니가 말하길 지금은 '소라 금채기'라 소라를 잡지 않으니 소라가 많은 거라고 했다. 원래 소라 금채기에는 소라를 잡을 수 없지만 어촌계장님이 훈련생들 연습하라고 오늘만 소라 잡는 걸 특별히 허락해주신 것이다.

한 시간쯤 지나자 유경 언니가 나가자고 했다.
"왜, 언니? 버틸 수 있을 만큼 버텨보자. 실제 물질은 더 오래 하잖아."

나도 말은 그렇게 했지만 체력이 떨어져서 소라고 뭐고 안 보였다. 이날은 파도가 너무 세서 물속에 있는데도 조류 영향을 많이 받았다. 똑바로 잠수해도 내 몸이 옆으로 흘러가고 한 바퀴 돌고 난리가 아니었다.

삼십 분쯤 더 하다 나가기로 했는데, 나가던 중에 결국 토를 하고 말았다. 앞으로 파도 센 날은 멀미약 먹고 나와야지. 아침도 안 먹고 나와서인지 노란 물만 여러 번 게워냈다. 지금 내 눈에 흐르는 것이 눈물인가 바닷물인가!

금희 언니는 반드시 객주리*를 잡겠다고 해서 그냥 두고, 유경 언니하고 나만 나왔다. 나오는 길에 보니 저 멀리 테왁을 탄 삼춘들이 보였다. 아, 삼춘들 지금 나오는구나. 하얏트 호텔 아래쪽 작업장에서 여기까지 와야 하는데 2~3킬로미터 되는 거리를 진짜로 헤엄쳐서 온다.

나와서 잡은 물건을 세어봤다. 작은 건 모두 놔주고 큰 것만 골라놓고 보니 26개였다. 지금까지 중에서 제일 많이 잡은 건데도 삼춘들이 해오는 양에 비하면 어림도 없었다. 금희 언니는 기어코 객주리 두 마리를 잡아가지고 나왔다. 소라하고 문어는 잡아봤는데 객주리는 오늘 처음 잡아봤단다. 그리고 커다란 문어도 잡았는데 삼춘들이 그 문어를 보더니 새끼 낳은 문어라 몸이

....
* '쥐치'의 제주어.

물컹해져서 맛이 없을 거라고 했다.

수돗가에서 장비를 대강 헹구고 탈의장으로 씻으러 갔다. 탈
의장은 일반적인 농가주택 형태로 되어있다. 핑크색 페인트로 칠
해진 벽에 강화마루 무늬 장판이 깔려있고 하얀색 MDF 사물함
이 벽에 죽 늘어서 있다. 사물함엔 매직으로 해녀 이름이 쓰여있
었다.

"너네들도 여기 이름 적히겠다."

"아휴, 언니! 웬 설레발이에요!"

샤워실에는 갯강구가 돌아다니고 있었다. 갯강구도 사람도 서
로 개의치 않는다.

씻고 나서 탈의실 청소를 하고 있는데 삼춘들이 여기는 당번

제로 청소하니 하지 말라고 한다. 그래서 하던 빗자루질만 마저 하고 나왔다.

삼춘들이 장사 준비를 하기 시작했다. 파라솔을 펴고, 스티로폼 박스에 바닷물을 채우고, 간이 산소공급기를 연결하고, 잡아

색달해변 장사 풍경

수도시설
(민물)

장사 테이블
(삼춘마다 하나씩)

세제와
수세미

대야
(여기서 설거지 함)

이동식 간이
산소공급기

바닷물
담은 통

도마와 칼

스티로폼 박스
(수족관 역할)

온 물건들을 넣는다. 장사 시작 시간은 대략 열두 시.

우리들은 어촌계장님 테이블 장사를 도왔다. 계장님 자리는 가장 목 좋은 곳에 있다. 삼춘들마다 각자 테이블이 하나씩 있다. 장사 품목은 그날 자기가 잡은 물건. 못 잡으면 팔 게 없다. 그래서 삼춘들마다 파는 물건이 다르다.

오늘 계장님 테이블에서의 판매 품목은 소라 2만 원, 성게 2만 원, 돌낙지와 홍해삼, 쥐치회로 구성된 해산물 모둠이 2만 원. 조금씩 주긴 하지만, 가격은 비싸지 않은 편이다. 쥐치는 뼈가 많아서 회를 떠도 양이 얼마 나오지 않는다. 돌낙지는 다리 두 개 정도를 잘라서 팔고 다시 스티로폼 박스에 넣어두는데 계속 살아서 꿈틀거린다.

오늘의 배움 ···

장사를 하려면 해산물을 여러 종류 잡아야 하는군. 특히 쥐치를 잡아야겠다.
돌낙지(문어)를 잡으면 대박이고.
색달은 그날 팔 물건만큼만 잡기 때문에 생태계 유지에도 좋을 것 같다.

색달 막내 해녀, 은미 선배

색달은 선배도 친절하다. 장사 가장 끝자리에 있는 은미 선배. 방송에도 출연했던 해녀학교 3기 선배다.

"소라나 좀 먹다 들어가지 뭐하러 장사를 돕고 있어요. 좀 있으면 맨날 할 텐데."

"은미야, 손님 받아라."

입구 쪽 계장님 테이블이 차면 아래쪽으로 손님을 보내준다. 낙수효과다. 선배도 해산물 모둠을 파는데 다른 삼촌들보다 양이 푸짐하다.

"선배님, 이렇게 장사해서 뭐 남아요~."

"빨리 팔고 집에 들어가고 싶어서 그래요."

하지만 선배네 테이블을 찾은 커플 손님은 오랫동안 머무르다 갔다. 계장님네 테이블은 회전이 빠른데 무슨 차이일까?

생각했던 것보다 장사 환경이 더 열악했다. 해녀의집은 너무 구석에 있어서 사용하지 않았다. 장사하는 해녀들은 포장된 돌바닥 위에 칠성사이다, 펩시콜라 같은 상표명이 적힌 파라솔을 펴놓고 장사를 한다. 잡아 온 해산물은 간이 산소공급기를 연결한 스티로폼 박스에 넣고 바닥에 쪼그리고 앉아 손질해야 한다. 설거지는 수도를 끌어와 고무대야에서 했고, 음료나 주류는 각자 가져온 아이스박스에 보관했다가 찾는 손님이 있으면 내어준다. 가끔 익힌 해산물을 팔아야 할 때가 있어 각자 휴대용 가스버너도 구비해둬야 한다.

가끔 배탈을 걱정하는 손님이 몇몇 있다. 해산물의 신선도를 걱정하는 것인지, 해산물을 손질하는 위생 상태를 걱정하는 것인지는 모르겠지만, 장사 환경을 좀 더 개선하면 좋을 것 같다는 생각을 했다.

해녀학교에서 무엇을 배웠나

10주간의 수업 정리

2019년 5월 18일 입학식부터 7월 21일 졸업식까지 총 20회차 80시간 수업을 했다. 그중 실습은 42시간, 이론 및 문화강좌는 33시간이다.

1. 이론 및 문화강좌

잠수 기술 외에도 해녀와 관련된 다양한 이야기를 들을 수 있는 기회다. 강사 또한 구성원이 다양한데 학자(교수, 연구원), 실기 강사(프리다이버, 응급구조사), 마을 구성원(어촌계장, 해녀 삼춘), 정책 담당자(해양수산과장, 수협조합장) 들로 구성되어있다.

[어촌계와 마을 어장 관리] 해녀학교 교장

어촌계가 무엇인지 처음 알게 된 수업이었다. 해녀로 활동하려면 어촌계에 소속되어야 하며 그 과정이 쉽지 않다는 것을 이 수업 이후로도 여러 차례 듣고 또 들었다.

[해녀 보호 시책] 해녀유산과 과장

해녀 육성과 해녀 문화 보존을 위해 도에서 얼마나 노력하고 있는지 알 수 있었다. 열의에 감동했지만, 신규해녀 정착금, 어촌계 가입비 지원이 현실적이지 않아서 언니들이 과장님에게 항의하기도 했다.

[잠수 이론, 호흡법] 해녀학교 교감, 프리다이빙 강사

묻에서 하는 호흡법을 연습하고 수심과 수압, 체내 산소포화도 등 과학적 사실에 근거한 잠수 기술을 배웠다. 블랙아웃과 산소중독, 잠수병 등 해녀가 겪을 수 있는 질환에 대해서도 알게 되었다. 그리고 조류의 흐름, 물때 보는 법 등 바다를 읽는 법 등을 배울 수 있다.

[제주 해녀·해녀 문화유산] 제주 해녀박물관 학예사, 제주발전연구원 박사

제주 해녀에 대한 다양한 정보, 재밌는 얘기들을 들려주었다. 기억에 남는 이야기들을 몇 개 적어보자면…

- **문어 할망 이야기**

  마을마다 한두 명씩은 꼭 있는 문어 할망. 문어를 잘 잡아서 '문어 할망'이다. 문어는 계속 같은 자리에서 사는 특성이 있다고 한다. 문어 우두머리(?)가 잡히면 다음 우두머리가 그 자리에 들어가 산다고 한다. 즉, 문어 살던 곳을 알면 같은 자리에서 계속 문어를 잡을 수 있다는 뜻.

  마을마다 문어가 잘 잡히는 포인트를 아는 해녀 할망이 한두 분씩은 계시는데, 그분들은 그 포인트를 절대 누구에게도 알려주지 않는다고 한다. 일종의 영업비밀인 셈.

- **해녀 항일 투쟁사**

  해녀 항일 투쟁은 1931년부터 1932년까지 1만 7천 명이 참여한 국내 최대 규모의 여성 주도 항일운동이다.

  때는 일제강점기. 어디나 수탈이 심했지만 해녀에 대한 수탈은 특히나 더 심했다고 한다. 일제와 결탁한 상인들이 해녀들이 잡은 해산물 가격을 말도 안되게 후려쳤는데 이를 참다못한 해녀들이 항의하기 시작했고, 결국 항일 항쟁으로 발전했다. 그 시작은 생존권 투쟁이었다.

- 제주도에서 물질은 왜 여자가 하나

  물질은 원래 남자들 일이었다고 한다. 조선시대 잠수어업을 하던 '포작인'은 세금을 전복으로 냈는데, 비리로 인해 공물 양이 엄청나게 늘었다고 한다. 과중한 세금 때문에 남자들은 점차 물질을 안 하게 되었고, 이를 대신하기 위해 미역을 따던 좀녀들이 전복 잡는 물질 일을 하게 되었다는 것이다. 해녀는 역사적으로 제주 경제를 떠받치는 노동자였으며 늘 빼앗기기만 하는 계층이었다.

[제주 역사와 물] 토목공학과 교수

제주 바다 환경에 대한 비관적인 이야기를 들었다. 수온 변화로 이전에 잡히던 해산물이 위쪽 바다로 이동했고, 제주에 인구가 늘어나 하수도의 담수가 바다로 유입되는 양이 증가하면서 근해의 생태계가 파괴되었다는 것이다. "덜 오염되도록 노력해야죠. 앞으로 나아질 수는 없습니다."

[응급처치] 응급구조사

CPR(심폐소생술)과 AED(자동심장충격기) 사용법을 실습했다. 머리로는 알겠다 싶었는데 실제로 해보니 마음처럼 되지 않았다. 더 무서운 점은 해녀들이 작업하는 곳은 사고 발생 시 응급조치가 행해지기 어려운 환경이라는 것이다.

"전 기수 졸업생분이 사고 현장에 계셨는데 배운 것과 너무 달라서 당황하셨다고 해요. 5분 안에 기도 확보하고 CPR 해야 하는데, 구조해서 물 밖으로 데리고 나오는 데만도 시간이 많이 걸리고, 밖으로 나왔는데 다 돌밭이라 CPR 할 장소도 없었대요."

[새내기 해녀의 삶] 이전 기수 선배들

웹툰 〈며느라기〉가 떠올랐던 절절한 이야기였다.

"물질 외에도 신입 해녀가 해야 할 일이 많습니다. 마을에서 받아줄 때까지 끊임없는 노력이 필요해요. 저희는 누가 시키지 않아도 새벽 일찍 나와서 물질하기 전에 빗자루질하고요, 파도가 세든 안 세든 일단 해녀의집에 나와 늘 대기하고 있었어요. 마을 행사란 행사는 모두 참석했고요. 바다가, 해녀가 좋아서 하는 게 아니라면 해녀는 고된 직업이에요."

[테왁 만들기] 현직 해녀 삼춘들

테왁을 직접 만들어보는 수업이었다. 한 사람당 한 개씩 만드는 게 아니어서 아쉬웠다. 삼춘이 만드는 법을 보여주면 학생 세 명이 테왁 하나를 같이 만드는 식이었다. 테왁은 주황 천을 씌운 스티로폼에 녹색 끈(빨래줄 같은 비닐 끈 재질)을 감고 그물을 씌운 나무 테에 연결하여 완성한다. 매듭법이 여러 개고 복잡하다. 여기서 배운 몇 가지 매듭법은 지금도 잘 활용하고 있다.

[치매 없이 살 수 있을까]

여성 비하적인 표현을 사용하던 교수였다는 것만 기억에 남는다. 전부 여자들로만 채워진 교실에서 어떻게 저렇게 당당하게 와인을 여자에 비유할 수 있는지. 어떤 의미로는 간이 대단히 부은 사람이지 않을까?

[소통의 기술]

행복연구소, 트로트 부르기, 손뼉 치기 건강법 등을 배웠다.
어르신들과의 소통이 중요하니까 필요한 거겠지.

[성 인지 감수성]

요즘의 성 인지 감수성과 비교하면 조금은 옛날식이 아니었을까 싶었던 성 교육 시간. 학생들의 연령대가 다양하고, 강사가 해녀라는 직업을 잘 몰라서 수업 준비하기가 어려웠을 것 같다.

2. 실기수업

다이버 강사가 해녀 삼춘들과 함께 하는 잠수 수업이다.

뜨는 법이 아니라 가라앉는 법을 배운다. 바른 다이빙 자세를 연마하여 연철 무게를 줄이는 것을 목표로 한다.

사람들이 보통 어떻게 물에 떠 있을 수 있냐고 묻곤 하는데 사실 착용하는 수트에 부력이 있어서 물에 떠 있는 것보다 가라앉는 게 훨씬 힘들다. 물에 가라앉기 위해서 연철(웨이트, 뽕돌로도 불린다)을 차는데 다이빙 입수 자세가 안 좋은 사람은 무게를 더 늘려 차야 한다. 연철을 많이 찰수록 위험한 상황에 대처하기가 어렵기 때문에 바른 다이빙 자세를 연마하는 것은 매우 중요하다.

초반 수업

- A B C 그룹 → 다이버 강사님 1명당 7~8명씩 한 조를 이룬다.
- D 그룹 → 특별반(특별히 못하는 특별관리 대상)
  발차기, 테왁 잡고 이동하기, 입/출수 방법, 그리고 대망의 덕다이빙을 배운다. 덕다이빙은 정말 배우기가 쉽지 않다. 수업이 끝날 때까지 잘 안 되는 사람도 많았지만, 졸업할 무렵 우리 모두 성공했다!

후반 수업

- 해녀 삼춘과 학생과의 1:1 수업
- 특별반 → 다이버 강사와 수업
  해녀 삼춘들과 덕다이빙을 배우고, 소라, 오분자기, 성게 등 물건 보는 법과 골갱이 사용법 등을 배운다.

📷 언니들과의 인터뷰

마지막 수업 전 점심시간, 카메라를 켜고 언니들을 인터뷰했다.

나 언니들, 우리 3년 뒤에 어디서 뭐 하고 있을까요? 3년 뒤에 언니들 일하는

데 카메라 들고 찾아가도 돼요?

금희 언니 유튜브에 뜨는 거야? 막 방송에도 나오고?

나 그건 모르겠어요.

효선 언니 야야야야! 넌 뭔 놈의 촬영이냐, 우리 해녀

안 시켜준다는데.

금희 언니 아니, 회장~ 왜 이렇게 부정적이야.

예진 언니 냅둬라 쫌. 아영이가 촬영해준다는데 이쁘게 웃어주고.

진순 언니 기다릴게, 아영아 알았지?

희성 언니 나 그런데 얼굴이 많이 달라져 있을 거야. 살이 확 빠져있겠지.

예진 언니 다이어트 성공기 찍어도 돼! "물질하면 살 빠진다!" 이런 식으로.

나 그래서 다들, 어디에서 일하실 건지 3년 뒤에 뭘 하고

계실 건지 지금 영상에 담아놓으려고요.

예진 언니 물질하고 있겠지.

금희 언니 이 사람들이 버틸지 모르겠는데.

희성 언니 아니 왜? 나 3년 뒤에 육지에서 막 날아다닐 건데.

기다릴게, 아영아 알았지?

3년 뒤에 보면 다들 이렇게 코를뚝 하고 퀭~해 있을 거다

087

희성 언니

나 언니부터 들어볼게요. 언니 3년 뒤에 뭐 하고 있을 거 같아요?

희성 언니 마라도! 제일 잘하는 해녀! 근데 나 우도까지 흘러가서 막 살려주세요, 이러고 있는 거 아닐까?

금희 언니 일단 살아만 있으쇼.

희성 언니 살아있기를 기도합니다.

혜윤 언니

나 언니 3년 뒤에 뭐 하고 있을 거야?

혜윤 언니 나 색달에서 물질하고 있지롱.

나 우리 같이 색달 가는구나. 돈 얼마나 버는 해녀 돼 있을 거야?

혜윤 언니 이만큼 많이?

생활하는 데 불편함이 없는?

수미 언니

수미 언니 나 영상에 남겨줘.

나 언니! 나한테 얘기해주고 싶은 거 있다면서요?

수미 언니 새 운동화 신어가지고 뒤꿈치가 까졌거든? 그래서 저번에 할머니 삼촌이랑 할 때는 너무 괴로웠어. 오리발을 신었는데 너무 아픈 거 있지!

효선 언니 횡설수설하지 좀 마!

금희 언니 헛소리 좀 하지 마! 뭐라고 얘기하는 거야 지금.

효선 언니

효선 언니 컷! 편집! 나한테 3년 뒤에 뭐 할 거냐고 물어보면요~.

안녕하세요. 저는 해녀학교 5기 회장입니다.

저는요 3년 뒤에 보목리 앞바다에 있는 섶섬에 가서
과메기를 잡고 있을 겁니다. 배 면허도 따서 배도 몰고.
만약에 해녀가 돼있으면 물질도 할 건데 해녀를
안 시켜준다네요. 만약 이 이후에라도 시켜준다면
해녀로 열심히 살고 있던가, 아니면 내가 바다를 너무 좋아하니까
섬에서 놀고 있을 겁니다. 다음에 꼭 찾아오세요!

안녕하세요
저는 5기
회장입니다

수미 언니

수미 언니 3년 뒤가 아니라 지금 당장 보라네 가게에 들어가고
싶은데 보라가 안 받아주네.
나 왜 보라네 가게야?
수미 언니 취직할 데가 없거덩. 이거 벌어서 나 뭐 먹고 살라고.
지금 빤스 살 돈도 없어가지고 죽겠는데. 보라한테 나 좀
받아주라고 하니까 주말 알바밖에 안 구한대.

나의 꿈은 보라 가게에
들어가는 겁니다

영란 언니

나 언니 3년 뒤에 뭐 하고 계실 건지 얘기해주세요.
영란 언니 울산 앞바다를 주름잡고 있지 않을까 싶어요.
그리고 일본에도 한 번씩 갔다 오는 걸로.
나 아, 그러면 언니 만나려면 미리 연락하고 가야겠네.
언니가 울산에 있을지 일본에 있을지 모르니까.
영란 언니 제주도에도 있을 거예요. 동에 번쩍 서에 번쩍
할 거예요.

울산 앞바다를 주름 잡고
있지 않을까 싶어요

언니들, 어디서 무엇을 하고 있든 꼭 만나러 갈게요.

2장

저는 색달
애기해녀입니다

"일이니까 그런 거야. 일이 되니까 당연히 힘들고 어렵지.
네가 지나온 회사들만 보더라도 처음엔 다 좋은 줄만 알았잖아.
해녀도 직업이야. 잘 견디고 잘 다루길 바란다."
- 친언니와의 대화

"해녀 하면서 뭐가 제일 힘들어요?
추운 거? 무서운 거? 숨 오래 참는 거?"
"돈 버는 게 제일 힘들어요."
- 해녀의집에 온 손님과의 대화

　일은 힘들지만 바다가 너무 좋다. 물속을 헤엄치는 건 하늘을 나는 느낌이다.
물질하면서 생각이 많으면 물건이 안 보이기 때문에 잠수하는 동안 깊은 생각
은 하지 않는다. 그 긴 시간 동안 단 하나의 음악만 생각한다. 머릿속에 퍼지는
멜로디를 재생하며 눈에 보이는 것에만 집중한다. 시간이 참 잘도 간다. 오늘
나는 부끄럽지 않게 일했나?

색달로 이사 오다

2019년 8월 3일

제주시에 있던 살림을 정리하고 서귀포 색달로 이사를 왔다. 해녀가 되기 위해선 물질하는 곳에 실제로 거주해야 하기 때문이다.

계장님이 집을 구하는 데 많은 도움을 주셨다. 마침 계장님 언니네 별채*가 비어있어서 연결해줬는데, 신입 해녀가 돈을 벌면 얼마나 벌겠냐며 연세를 시세보다 저렴하게 해줬다.

이사 오고 나서 매일 하루에 세 시
간씩 걸레질을 했던 것 같다. 아무리
닦아도 걸레가 까매져서 나중엔 아
예 퐁퐁을 풀어 수세미로 박박 밀고 거
품을 걷어내느라 죽는 줄 알았다. 이제야 먼지 냄새가 안 난다.

하지만 비가 오고 나면 말짱 도루묵이다. 바닥에서 선생님 쓰
레빠에서 나는 발꼬랑내가 난다. 제습기 돌리면 그나마 낫지만,
제습기 물통을 하루에 세 번씩 비워야 한다.

벽 가장자리마다 방충방제약을 뿌렸다. 제주 바퀴벌레는 정
말 크다. 12센티미터 정도 되는 것은 기본이고, 길쭉하고 크고
점프도 잘하고 1미터 정도 떨어져서 봐도 바 선생이 어깨를 들

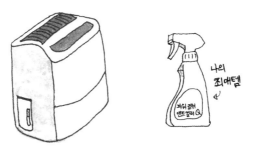

....
* 제주도 전통 가옥은 마당을 두고 안채(안거리)와 별채(밖거리)가 따로 분리되어있다. 안채에
는 부모님이 살고 별채에는 아들네 식구가 살곤 한다. 두 집 다 살림과 가구가 따로 갖춰져 있
어 사생활이 어느 정도 분리된다.

썩이는 게 보일 정도다. 약사 말로는 한 번 뿌리면 약효가 3개월
은 간다는데 나는 걸레질을 자주 하니 한 달에 한 번은 뿌려야
겠다.

매일 아침 벌레 사체를 치운다. 기분이 좋다. 이놈들아, 이것이
문명의 맛이다. 억울하면 너네도 돈 내고 살던가. (너무나 인간 중
심적인 발언이다.) 약효가 다 하는 날을 상상하면 끔찍하다.

어제는 오랜만에 늦게까지 깨어있어서 거실에서 뒹굴거렸다.
그런데 갑자기 툭 소리가 나더니 옆으로 벌레가 기어간다. 창문
을 다 막았는데? 아, 밤에 문 여닫을 때 들어오는 거구나. 앞으로
는 밤에 나다니지 말고, 한 달에 한 번은 꼭 약 쳐야지.

미역 독립기념일

2019년 8월 11일

이사 온 집에는 한동안 냉동실 한가 득 미역이 채워져 있었다. 길고 긴 과정 끝에 이젠 없다. 이제 냉동실을 쓸 수 있다. 오늘은 미역 독립기념일.

이 미역은 집주인 할머니의 딸이 노 인복지회관에 대접할 1년 치 분량을 얼 려놓은 것이다. 처음엔 그 사실을 몰라 서 '냉장고에 있는 미역 좀 치워주세요' 했다가 집주인 할아버지한테 잔뜩 혼났다.

"이 미역이 어떤 미역인데 할망이 뭣도 모르고 집을 세입자한 테 주고 말이야."

"그래도 어떻게 냉동실을 쓸 방법이 없을까요?"

집을 소개해준 어촌계장님이 난처해하면서 중재해주었다.

"아영아, 미역을 녹여서 벽돌처럼 네모나게 만들고 다시 냉동

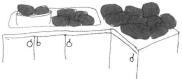

실에 쌓으면 부피가 좀 줄어들지 않겠냐."

집주인 딸이 언제 미역을 가져갈지
모르니 계장님 말대로 하기로 했다.

부엌 가득 미역을 널어놓은 밤, 걱정이 되어 잠이 오지 않았다.
미역의 습습한 냄새를 맡고 바퀴벌레들이 몰려오면 어쩌나. 이
집에서 치운 벌레 사체만 해도 몇십 마리인데, 그 벌레의 일가친
척들이 우리 집에서 파티를 벌이면 나는 이 집의 새 주인으로서
어떤 태도를 취해야 할까. 내가 왜 이런 상상을 하고 있지?

자다가는 지네가 내 침대 위로 떨어지는 꿈을 꾸고 소리를 지
르며 깼다.

오늘 아침, 드디어 집주인 할머니의 딸을 만났다.

"그 냉장고는 제거예요. 냉장고도 가져가야겠는데."

이 집 냉장고는 고장 나서 예전에 버렸고 여기 있는 냉장고는
노인회관에 자리가 없어 잠시 놓아둔 것이라 했다. 미역과 냉동
실이 문제가 아니구나. 냉장고가 없어질 위기다.

중고장터에서 냉장고를 사네 마네, 어디에 안 쓰는 냉장고가
있네 없네 얘기가 나오다가 다행히 집주인 딸이 한발 양보해주기
로 했다. 냉장고 쓰다가 내년에는 돌려달라고.

잘된 일이지. 내년 일은 내년에 생각하기로 하자.

문 자물쇠를 바꾸다

2019년 8월 6일

드디어 문을 잠글 수 있게 되었다. 집주인 어르신이 별채 열쇠를 잃어버려서 한동안 문도 못 잠그고 걱정이 이만저만이 아니었다.

이번에도 계장님 중재로 열쇠를 새로 맞출 수 있게 되었다.

감사해요, 계장님.

열쇠집 사장님이 문고리를 고치고 있는데, 주인집 할아버지가 다른 문제는 없는지 물어봤다.

"이제 다른 어려움은 없지?"

"네, 어제는 계장님이 미역 정리도 도와주시고 너무 감사했어요."

문고리를 고치던 열쇠집 사장님이 지나가듯이 물어본다.

"고위층이세요? 이사

한다고 계장님까지 방문하시고."

"아니에요. 신입 해녀예요."

"해녀?"

"미역 얻으러 와야겠네."

오늘도 결론은 미역 ♡

이사 온 후 첫 물질

2019년 8월 18일

갑자기 물질 일정이 잡혔다. 여섯 시 반까지 색달 해녀의집으로 나오라는 계장님의 전언. 지난 물질 주간에 태풍으로 거의 나가지 못해 잡힌 추가 일정인 듯했다. 원래대로라면 10물*이라서 물질을 하지 않는 날이다. 멀미약 살 시간이 없어서 못 샀는데 큰일이네. 엄청나게 멀미하겠는걸.

불턱 문화

말로만 듣던 불턱** 문화를 실제로 경험하게 될 줄이야.

고무옷 입으면 바로 바다로 들어가는 줄 알았는데 아니었다. 옷 갈아입고 나오니 삼춘들이 너른 바위에 옹기종기 앉아있었다. 물질 시작하기 전에 이렇게 모여 한참 이야기를 나누다 들어간다고 한다. 살아있는 불턱 문화인가!

....

* 색달 물질 일정은 14물에서 5물까지이다. 이 기간은 바다 수위가 비교적 낮다.

** 불을 피우는 터. 해녀들이 물질 전후에 옷을 갈아입거나 쉬는 곳이다. 이곳에서 추위도 녹이고 대화도 하고 회의도 하는 등 동네 사랑방 역할을 한다. 지금은 어촌계마다 탈의장이 생겨서 이곳에서 옷을 갈아입지는 않는다.

오늘은 계장님이 삼춘들에게 공지할 게 많다며 말문을 열었다. 우리 신입은 삼춘들 옆에 앉아 계장님 말을 경청했다. 계장님이 중간중간 제주어로 말해서 다 알아듣진 못했지만 첫 번째 주제는 아마도 장사하는 곳 청소 문제인 것 같았다. 그런데 우리 계장님은 육십대고 삼춘들은 대부분 칠십대인데 저리 혼내듯 얘기해도 되나?

"물질하기 전 저기도 청소하면 얼마나 좋습니까. 왜 말 안 나오면 손 하나 까딱 안 합니까."

두 번째 주제는 신입 소개였다. 이제부터 우리가 삼춘들 따라 물질을 나올 거라며 우리를 소개했다.

"이제 삼사 년 후면 여든 넘으신 분들은 은퇴할 텐데 그렇게 해녀 수가 줄고 나면 우리 바당이 다른 바당이랑 합병돼서 바당 뺏깁니다. 안 뺏기려면 신입 해녀를 받아야 합니다."

아, 그런 이유로 다른 지역보다 유독 인턴을 환영했구나.

"야네덜 잘 못해도 혼내지 말곡 잘 봐줍서. 처음부터 잘허는 사름 어시난 혼내지 말앙 잘 골아줍서."[*]

이 말도 화내듯이 얘기했다. 계속 듣다 보니 원래 계장님 말투인가 보다.

....
[*] "얘네들 잘 못해도 혼내지 말고 잘 봐주세요. 처음부터 잘하는 사람 없으니 혼내지 말고 잘 가르쳐주세요."

마지막으로 부표 안쪽에서 작업하라고 우리한테 특별히 애기 바당을 허가해줘 물에 들어갈 준비를 했다. 신입을 이렇게 환대하고 신경 써주는 것에 너무나 감사했다.

회의가 끝나고 물에 들어가려고 하는데 한 삼춘이 뒤에서 조용히 나에게 말했다.

"젊은 아이덜이 할망을 섬겨사쥬. 할망이 젊은것덜을 섬겨사 되커냐."*

혼나는 건가 싶어 조금 머쓱했는데 곧바로 할망들 잘 쫓아다니라는 말이라고 덧붙였다.

애기바당과 센 파도

삼춘들을 따라 테왁 잡고 첨벙첨벙 헤엄쳐서 작업할 곳으로 이동했다. 걱정했던 것보다 이동하는 게 힘들진 않았다. 새로 오리발을 샀는데, 잘 산 것 같다. 통눈 형태로 된 수경도 이날 처음 개시한 신상이다. 어젯밤에 열심히 치약으로 닦아놓았다.** 근데 테왁이 문제다. 삼춘들처럼 테왁을 잡으면 자꾸 뒤집어진다.

"삼춘, 테왁을 이렇게 잡으면 자꾸 뒤집어져요."

"그래도 연습해야 된다."

칼 같은 답변이다.

·········
* "젊은 애들이 할머니를 섬겨야지. 할머니가 젊은것들을 섬겨야 되니?"
** 수경을 새로 사면 제품 생산할 때 생긴 기름막이 있어서 이걸 치약으로 벗겨내야 한다.

삼춘들은 부표 바깥으로 나가고 유경 언니와 나는 부표 안쪽에 남았다. 이곳은 특별한 경우가 아니면 물질하는 곳이 아니다. 수심이 3미터 내외로 얕고 소라가 많다. 한 번 들어가면 소라 두세 개는 그냥 보인다. 하지만 보인다고 다 잡는 것은 아니다. 작은 건 잡지 말고 큰 것만 잡아야 한다. 근데 물속에서 보면 다 커 보이는 걸 어떡하나.

한 일고여덟 번 왔다 갔다 하니 테왁 안이 소라로 제법 찼다. 법환학교 바당이랑 다르게 여긴 소라 잡기가 쉽다. 거긴 물건이 거의 없어서 바위틈을 골갱이로 파내야 겨우 잡을 수 있었는데.

그런데 예상했던 대로 올 것이 왔다! 멀미다. 물질 시작한 지한 시간도 안 돼서 멀미를 하기 시작했다. 파도가 얼마나 세던지 2미터 깊이 되는 곳에 내려가면 물고기들이 있는데, 그 물고기들도 이리저리 파도에 쓸려 다닌다. 물고기는 물에서 자유롭게 헤엄치는 줄 알았는데 꼭 그런 것만은 아닌가 보다. 무척 웃기는 광경이었다.

게다가 고무옷이 더워 더 힘들었다. 삼춘들이 우리 입는 5밀리미터 고무옷*을 보고는 더울 거라고 했는데 정말 그랬다. 물속인데도 쩌 죽겠다. 덥고, 토 나오고, 눈치 보이고. 한번 토하면 괜

....
* 고무옷은 계절별로 옷 두께가 다르다. 보통 여름엔 2~3밀리미터 두께의 옷을 입고, 겨울에는 4~7밀리미터 두께의 옷을 입는다. 해녀학교에서 옷 맞출 때는 이 점에 대해 몰랐다.

찮아질 줄 알았는데 물에 들어가 있으면 울렁거림이 계속된다.

그나마 내가 작업하는 곳은 파도가 덜 치는 곳인데도 그렇다. 바로 몇 미터 옆으로만 가도 높이 2미터 넘는 파도가 친다. 해외 서핑대회 영상에서 봤던 둥글게 감아치는 파도. 서퍼들이 이렇게 먼 곳까지 와서 서핑하는 이유가 있다.

하지만 햇빛은 좋아서 물속이 예쁘다. 제주 바닷속에서 어쩐 일인지 열대어도 꽤 보인다. 이렇게 날 맑은 날엔 물 위로 올라갈 때 보이는 풍경이 무척 아름답다. 태양을 향해 날아오르는 듯한 느낌. 그러나 여유를 갖고 주위를 살펴볼 시간이 없다. 멀미가 더 심해지기 전에 소라 하나라도 더 잡아야 한다. 적게 잡았다고 삼촌들이 눈치를 줄까 봐 걱정이다.

간지 폭풍 해녀 장부

다행히 물질을 그리 길게 하지 않았다. 두 시간 조금 넘게 했으려나. 이동하는 데만 왕복 한 시간이 넘게 걸린 거 같다.

뭍으로 나올 때 계장님이 내 테왁을 같이 들어줬다. 물에서 나올 때 테왁을 끌어 올리는 게 큰일이다. 잡은 해산물의 무게 때문에 바다에서 육지로 테왁을 옮기는 게 무척 힘이 든다. 나도 계장님 테왁 옮기는 걸 도왔는데 너무 무거워서 깜짝 놀랐다. 계장님은 테왁을 두 개나 쓴다. 물건을 워낙 많이 잡으니까 부력이 많이 필요해 테왁 두 개를 연결해서 쓰는 것이다.

물 밖에 나오니 다들 불턱에 모여있다. 저울에다 잡은 소라 무게를 달아야 하기 때문이다. 다들 테왁 망사리를 풀어 소라가 보이게 펼쳐놓고 있었고, 계장님이 일일이 한 사람씩 잡은 소라를 살펴보며 작은 소라를 골라냈다. 그러고 나서 무게를 재고 해녀 장부에 이름과 무게를 적는다. '하순자 8k' 이런 식이다. 계장님이 이름과 킬로그램 수를 외칠 때마다 유경 언니가 옆에서 "대단하셔요" 하고 박수를 치자 삼춘이 "나 박수 받았쩌" 하며 기뻐했다.

내가 잡은 소라는 작은 것들을 골라내니 3킬로그램이 나왔다. 몸이 안 좋아서 일 못 하겠다고 한 유경 언니도 3킬로그램이 나왔다. 계장님은 20킬로그램! 역시 무리를 이끄는 지도자다운 풍모다. 존경합니다.

해녀 장부는 바닷물 묻은 손으로 작성하기 때문에 종이가 누렇게 울어있다. 그게 또 빈티지한 게 얼마나 멋진지! 해녀 장부를 작성하는 이유는 수익을 정산하고자 하는 목적도 있지만 1년 할당량을 채워서 보고하고자 하는 목적도 있다. 1년에 120킬로그램이던가? 오늘 3킬로그램을 잡은 나는 앞으로 40일을 더 물질을 나가야 한다. 20킬로그램 잡은 계장님은 여섯 번이면 1년 할당량을 채우는데.

장부를 다 적고 나면 작은 소라를 다시 물로 던져준다. 낑낑대며 다시 바다 쪽으로 테왁을 끌고 가 한 개씩 풀스윙으로 던진다. '다시는 작은 소라는 잡지 않겠습니다' 하고 사죄하는 마음으로 하나씩 던졌다.

씻고 탈의실 밖으로 나오니 계장님이 우리 고무옷 두께가 5밀리미터라 지금 같은 날씨에 작업하기엔 너무 더울 거라며 오래된 해녀복을 찾아줬다. 그리고 사물함도 지정해줬다.

"여기 치우고 이름 지우고 너네 이름 써서 쓰라."

이 공간에 드디어 내 자리가 생겼다. 회사 입사 첫날이 떠올랐다. 입사 첫날, 내 컴퓨터를 설치해주던 사수가 그렇게 고마웠었는데.

사물함 겉면에는 이전 주인 이름이 적혀있다. 분명 우리 선배겠지. 법환해녀학교를 졸업하고, 인턴을 하고, 여기 색달 신입으로 들어온 이분들은 지금 어디서 뭘 하고 있을까? 왜 그만뒀을까?

색달 어촌계의 물질 일정

색달 어촌계의 물질 일정은 14물부터 5물까지 7일이다. 다른 어촌계보다 긴 편이다. 그러나 실제로는 물때와 상관없이 장사할 소라가 떨어지면 물질을 한다.

물때라는 것은 조석 정보를 말한다. 모두가 알고 있듯이 지구와 달의 인력과 공전으로 해수면의 높이는 매일 달라진다. 달이 차오르고 사라지는 주기에 따라 해수면의 높이가 변하는 것이다. 자세히 설명하자면, 보름달이나 그믐달 즈음에 물 높이가 가장 높으며(사리), 그 후 7~8일간 점차 수위가 낮아지다가 가장 저수위를 찍으면(조금) 다시 7~8일간 수위가 높아지고, 그믐달이나 보름달이 되었을 때 다시 물 높이가 가장 높아진다(사리).

즉, 물 흐름이 적고 물 높이가 비교적 높지 않은 이레 동안 물질을 하고, 나머지 물 높이가 높은 이레 동안은 쉬는 것이다. 그러나 삼춘들한테 쉬는 때란 없다. 물질 안 할 때는 밭에 가 일하고, 감귤 수확 철에는 선과장에 가서 일한다.

삼춘들 연세가 보통 육십대 후반에서 칠십대다. 자식들도 이미 장성해서 돈 들어갈 일도 크게 없을 텐데, 왜 이렇게 열심히 일하는 걸까? 집주인 삼춘한테 여쭤보니 제주도는 원래 자식한테 손 벌리는 경우가 없다고 한다.

돈, 정말 무섭다. 끝이 없고만.

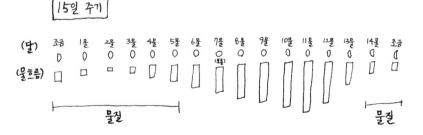

수협 달력

어업인의 필수품.
물때와 함께 만조와 간조 시간이 표시되어 있다.

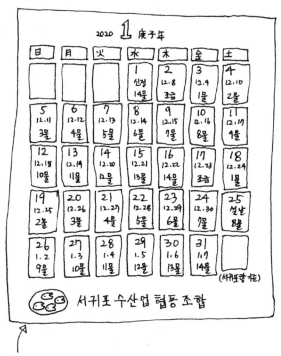

물고기 네 마리가 그려진 수협 로고. 무척 귀엽다.
이 달력은 수협 조합원이 아니면 구하기 힘들다. (레어템이지!)

색달 어촌계는 14물부터 5물까지가 물질이 가능한 날이니까 1월에는 1일부터 7일, 16일부터 22일, 31일이 공식적으로 물질이 가능한 날이다. 그러나 물때라도 파도가 너무 세면 물질을 쉬기도 하고, 물때가 아니어도 갑자기 물질 일정이 잡히기도 한다.

해녀의 출근길과 퇴근길

다른 어촌계와 달리 우리 색달 어촌계는 출퇴근길이 정말 아름답고 고되다.
우리 지역은 배를 타지 않는 갯물질을 하는데 물질하는 곳을 크게 나누면 세
곳이다.

① 앞바당
출발지인 색달 해녀의집에서 멀리 떨어져 있지 않은 바다.
주로 소라를 잡는다.

② 경계바당 (곰장바당)
중문어촌계와의 경계 바다.
주로 소라를 잡는데 간혹 해삼이나 문어도 있다.

③ 동바위 (하얏트 호텔 쪽)
중문 색달해수욕장을 지나 하얏트 호텔 쪽 바다.
각종 물고기, 문어, 해삼, 미역 등 다양한 해산물을 잡을 수 있다.
상어가 자주 출몰한다. 여름에는 물질할 때마다 만난 것 같다.
이곳은 특히나 출근하기가 힘들다.
해수욕장 백사장 길을 지나 산길을 걷고 돌길을 걸어야 겨우 갈 수 있다.
퇴근할 때는 약 2킬로미터를 헤엄쳐서 퇴근해야 한다.

● 가장 먼 동바위 코스 출근길: 유산소 운동

 - 땀복 같은 고무옷을 입고

 - 대략 7~8킬로그램의 장비를 짊어지고

 - 땀을 주룩주룩 흘리며 30분을 걸어간다.

  정말이지 훌륭한 유산소 운동이 아닐 수 없다.

야자수가 쭈욱 늘어서 있는 백사장길

올레 8코스. 끝이 안 보이는 언덕 계단길

구 올레 8코스. 완전 야성의 덤불길

균형감각이 요구되는 바위길

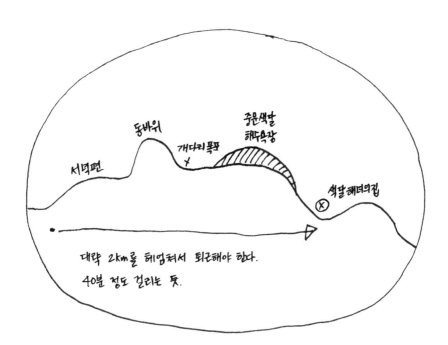

서녁편 동바위 개다리폭포 중문색달 해수욕장 성달해녀의집

대략 2km를 헤엄쳐서 퇴근해야 한다.
40분 정도 걸리는 듯.

● 가장 먼 동바위 코스 퇴근길: 근력 운동

올 땐 걸어왔지만 퇴근할 땐 헤엄쳐서 간다. 잡은 물고기들의 산소 공급 문제도 있고, 미역 같은 경우엔 워낙 무거워서 물에서 이동하는 편이 낫기 때문이다.

퇴근길도 바다에서 헤엄쳐서 덜 더울 뿐이지 출근길 못지않게 힘들다. 출근길이 유산소 운동이라면 퇴근길은 근력 운동이다.

허리에 무거운 쇠를 매달고
헤엄쳐야 하늘지라 허리에 부담이 간다

덕분에 평생 없었던
허리 라인이 생겼음

- 테왁 밀면서 헤엄치니 허리 힘이 강화된다. 5~6킬로그램 되는 쇳덩어리를 차고 2킬로미터를 헤엄치면 허벅지와 등 쪽 근육이 매우 자극된다. 스쿼트보다 더 효과적인 것 같다.
- 운동 동기 부여로 이보다 끝판왕인 건 없다. '헤엄치지 않으면 퇴근 못 함!'
- 집에 가려면 어떻게 해서든 헤엄쳐야 한다. 게다가 너무 늦게 도착하면 삼촌들이 걱정하기 때문에 타임리미트까지 있다.

마을 주민이 된다는 것은

2019년 8월 29일

이 일의 어려움 중 하나는 마을 어르신들
이 이웃사촌이자 직장 상사라는 점이다.

이사 오고 마을길을 쭈욱 걸어봤다.
구불구불 이어진 길 양옆으로 집들이 늘
어서 있는데 길의 어느 곳에 서 있든 남의
집 창문이 보인다. 마을길을 걸으면 누구 한 명쯤은 날 볼 수 있
겠구나 싶다. 이것이 마을의 자체 경비 시스템인가!

안녕하세요 삼춘!

　나는 집 앞을 자주 어슬렁어슬렁 걸어 다니는데 그때마다 삼
춘들을 만나게 된다. 저번에도 산책하다가 앉아서 친구분들과
이야기를 나누고 있는 삼춘을 만났다.
　"넌 어디 살암샤?"
　"아, 여기요. 계장님 언니네요."
　"우리 아이덜 고모*여. 난 저기 보이는 저 집에 살아."

또 어느 날은 집 앞 버스정류장에서 다른 삼춘을 만났다.

"오늘 다덜 물질 나가시냐?"

"아, 저는 눈병 때문에 며칠 못 나갔어요. 연락망 보니까 오늘 물질 한 거 같던데요?"

"가보난 오늘 아무도 어성게. 오오, 기이 또 보게."

그리고 또 다른 날, 집 앞 버스정류장에서 또 다른 삼춘을 만났다.

"너네 새로 온 아이덜 중에 집 찾는 사람 어시냐? 우리 위층이 갑자기 세를 뺏댄 햄쩌."

"아, 삼춘, 여기 사세요? 네, 한번 물어볼게요."

그리고 또 어느 날.

"야아, 너 차 번호 XXXX지? 어제 나 따라오던 차."

"아! 앞에 오토바이 타고 가시던 분이 삼춘이셨어요? 네, 맞아요."

"너 닮안게. 호호호호."

어느 물질 다음 날, 운전 천천히 하길 잘했지.

언제나 조심해서 행동해야 한다.

....

* 우리 집주인 삼춘은 계장님의 언니이자 지금 만난 삼춘의 시누이다.

해녀의 고무옷

해녀들이 물질할 때 입는 고무옷은 각종 긁힘과 상처가 나는 것을 막아주고 체온을 보호해준다. 옛날, 천으로 만든 물소중이*를 입었을 때는 체온 보호가 안 돼 물질을 한두 시간밖에 못 했다고 한다. 지금은 네다섯 시간씩 작업할 수 있다. 1970년대에 고무옷이 들어온 이후 물질을 오래 하는 게 가능해졌다.

고무옷은 보온과 방수가 잘되기 때문에 여름에는 엄청나게 덥다. 두께가 얇은 걸 입어도 옷 안에서 땀이 철철 난다. 대체로 여름용은 두께 3밀리미터, 겨울용은 두께 5밀리미터 원단으로 되어있다. 두꺼울수록 부력이 강해져서 뽕돌(연철)을 더 많이 차야 물에 들어갈 수 있다.

고무옷은 전부 맞춤옷이다. 일본에서 수입한 원단으로 제주에 네 곳밖에 없는 고무옷 제작 전문 공업사에서 만든다.

해녀학교를 졸업할 때 고무옷을 맞췄는데, 만들 때 치수를 서른 군데도 넘게 쟀다. 손목, 발목 둘레부터 손목부터 겨드랑이까지 길이라든가 발목부터 골반까지 길이 등등. 왜 이렇게 세세하게 재나 의아했는데 옷을 받아보고 나서 그 이유를 알았다. 고무옷은 생각보다 잘 안 늘어나고 쉽게 찢어진다.

해녀의 고무옷은 안쪽은 네오프렌, 바깥쪽은 스무드스킨 원단을 사용하는데 매우 약한 소재로 되어있다. 그래서인지 고무옷을 처음 받았을 때 "애기 피부 만지듯 조심히 다뤄라"란 얘기를 들었다. 매년 신입 해녀 중 꼭 한두 명

. . . .

* 제주도에서 해녀들이 물질할 때 입었던 전통 노동복. 어깨에 걸개 끈이 있고 가랑이 밑이 넓으면서도 막혀 있다. 가슴과 몸통은 가리고 팔과 다리는 노출되는 짧은 홑옷이다.

은 고무옷 입는 첫날 아주 크게 찢어먹는다고 한다.

조금 찢어진 정도는 본드로 붙일 수 있지만, 많이 찢어지거나 구멍이 크게 나면 공업사에 가서 수선해야 한다. 대부분의 공업사가 해녀들과 긴밀하게 연결되어있기 때문에 해녀라고 하면 대부분 무료로 수선해준다.

상의

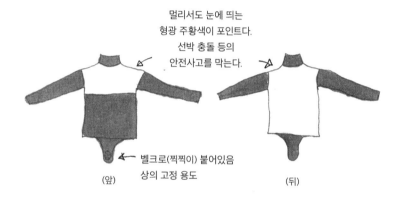

멀리서도 눈에 띄는 형광 주황색이 포인트다. 선박 충돌 등의 안전사고를 막는다.

벨크로(찍찍이) 붙어있음 상의 고정 용도

(앞)   (뒤)

하의

밑위가 길다. 입으면 겨드랑이까지 올라온다.

하의 착용 모습

● 정립된 고무옷 입는 법

고무옷은 입고 벗는 데만도 하세월이다. 옷이 찢어지기 쉽기 때문에 정말 조심해서 입어야 한다. 고무가 몸에 달라붙어 당겨 가며 입어야 하는데 힘을 너무 많이 줘서 당기면 부욱 찢어진다.

여러 방법을 시험해본 결과 이제는 어느 정도 익숙해졌다.

① 빨랫줄에 널어놓은 옷을 가져온다. (뒤집어져 있음)

② 상·하의 옷을 뒤집는다.

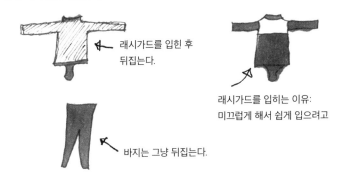

래시가드를 입힌 후
뒤집는다.

래시가드를 입히는 이유:
미끄럽게 해서 쉽게 입으려고

바지는 그냥 뒤집는다.

③ 비키니 상·하의를 착용한다.

④ 하의를 먼저 입는다.

옷이 들러붙어서 잘 올라가지 않음.
천천히 조심조심 인내심을 가지고
조금씩 올린다.

⑤ 하의 입기 완성.　　⑥ 상의 입기.

래시가드 덕분에 다른 곳은
쑥 들어가지만 머리 부분은
고무가 들러붙는다.
머리 뺄 때 머리카락 몇 개는
꼭 빠짐.

⑦ 상의를 말아 올린 상태로 둔다.

한 번에 상의를 쑥 내리면
하의가 안에서 접혀 몹시 불편하다.
일단 말아 올린 상태로 두고 파트너가
옷을 정리해줄 때 내린다.

⑧ 파트너가 옷 정리를 도와준다.

하의가 말리지 않도록 잘 정리하며
말아 올려져 있는 상의를 내린다.

⑨ 상의를 고정하는 벨크로를 붙이면 완료.

벨크로로
상의 고정

벨크로 부분

● 입는 법만큼이나 어려운 고무옷 벗는 법

물질 끝나고 나면 고무옷이 몸에 착 달라붙어 잘 떨어지지 않는다. 옷 찢어 먹는 사고도 입을 때보다 벗을 때 더 잘 일어나는 편이다. 삼춘들도 옷 벗는 게 힘든지 옷 벗는 중에 숨비소리를 내기도 한다.

①

샤워기로 옷에 물을 집어넣어
몸에 달라붙은 고무를 떼준다.

②

앞   옆

※ 통합 주의

열심 상의를 말아 올려
한쪽 팔을 빼내려고 노력한다.

③

한쪽 팔 빼내기 성공!
다음은 머리와 다른 쪽 팔 빼내기다.
머리 뺄 때도 역시 머리카락 잔뜩 뜯김.

④   하의에도 샤워기로 물을 집어넣고
스르륵 싹 하고 벗는다.

이렇게 벗고 나면 옷이 뒤집힌 상태가 된다.

⑤    대야에 고무옷을 넣고
물로 헹궈준다. (바닷물 제거)

⑥    고무옷을 빨랫줄에 넌다.

불턱에서 삼춘들이 서로의 고무옷을 정리해주는 풍경은
내가 제일 좋아하는 풍경 중 하나다.

서귀포수협 워크숍에 참석하다

2019년 9월 2일~9월 4일

계장님이 서귀포수협 워크숍에 같이 가자고 했다. 우리 마을에서 참가자는 계장님, 잠수회장님, 신입 해녀 둘.

버스 타고 비행기 타고 버스 타고 천안에 있는 연수원에 도착했다. 알고 보니 이 워크숍, 조합원 중에서도 계장, 잠수회장, 부회장, 사무장 등 임원급만 참석하는 고위층(?) 교육이라고 한다. 덕분에 좀처럼 하기 힘든 귀한 체험을 했다.

참석자 비율이 여성이 월등히 높다.

이 워크숍은 해녀 워크숍이 아니라 수협 조합원 워크숍이다. 그래서 남성 비율이 그나마 높은 편이다. 여자 3 : 남자 1의 비율. 참가자 중 남성은 보통 계장님이다. 어촌계장은 남성인 경우가 많다. 서귀포 어촌계 19곳 중 13곳의 어촌계장이 남자다.

근데 특이하게도 서귀포 수협의 최고위직 조합장은 여성이다. 조합장님은 커트머리에 바지정장이 무척 잘 어울리는 호탕한 분으로 우리나라 최초의 여성 수협 조합장이라고 한다. 일을 무척 잘한다고 칭찬이 자자하다.

여기 워크숍은 전반적으로 여성 입김이 세다. 남자들이 여자 눈치를 보며 할망에게 애교를 부린다. 좀처럼 보기 힘든 풍경이다.

건배사 때 조합장님이 "열심히 하겠습니다!"라고 하자, 한 남자 어촌계장님이 약간 술이 된 채로 "미자 파이팅!"이라고 외친 일이 있었다. 그러자 우리 어촌계장님, "저놈 시키 교육 좀 시켜야 되겠다. 어디 조합장님 이름을 함부로 부르냐. 남들이 우리를 얼마나 우습게 보겠냐. 우리부터 조합장님 기를 세워줘야지 뭐 하는 짓이냐"며 혼냈다.

집합 시간 10분 전에 다 모인다.

어느 모임에서도 본 적 없는 일이다. 버스 출발, 점심, 저녁, 교육, 어느 때건 고지한 시간 10분 전에 모든 참석자가 다 모인다. 그래서 고지한 시간보다 일정이 일찍 시작되기도 했다.

이번에 우리 계장님의 '위치 선정 능력'에 대해서도 알게 되었다. 우리 계장님은 모든 참석자가 일찍 나오는 그 와중에도 가장 좋은 자리를 찾아내는 탁월한 능력의 소유자다. 버스는 맨 앞에서 두 번째, 교육은 중간보다 약간 뒷자리, 급식 배식은 맨 앞줄. 식당은… 도대체 어떤 기준으로 앉은 거지? 그 자리는 딱히 상석도 아니고, 60명 정도 되는 인원이 갔는데도 어째서인지 우리와 계장님이 앉은 곳부터 음식이 나왔다.

우리 신입 해녀들은 무조건 우리 계장님 옆자리에 앉았기 때문에 그 혜택을 똑같이 받았다. 다시금 존경합니다, 계장님!

밥이 매우 잘 나온다.

연수원 식당 밥이 무척 맛있다. 자율 배식하는 급식 스타일인데 반찬이 기가 막히다. 여기 갈치조림은 모슬포 앞 갈치조림 식당보다 맛있다. 아니 대량으로 반찬을 만드는데 어떻게 간이 이렇게 잘 맞나 싶다.

이동 중에는 과자니, 과일이니, 김밥이니 부식도 잘 나오고, 돌아오는 날에는 피로회복제에 밥까지 먹여서 집에 보낸다. 이런 귀한 대접을 받으니 몸 둘 바를 모르겠다.

전국 해녀 교류 행사

2019년 9월 20일

17호 태풍 '타파'로 해녀 축제가 취소됐다. 그래서 전야제 행사가 '전국 해녀 교류 행사'라는 이름으로 제주시에서 열렸다. 이런 행사는 머릿수 맞추는 게 무척 중요하다. 우리 색달 어촌계는 계장님, 잠수회장님, 신입 해녀 셋이 출동했다.

마을마다 해녀들이 정해진 지점에 모여 버스를 탔다. 우리 버스는 중문에서 시작해 모슬포까지 돌았다. 그런데 모슬포 해녀들이 버스에 한 명도 안 탄 모양이다. 계장님이 기사님께 이유를 묻자 모슬포 쪽 어촌계에서는 마늘 농사로 바빠서 못 나온다는 연락을 받았다고 한다. 그러자 계장님이 무척 분노했다.

"무사 우리는 안 바쁘냐! 언제 모슬포네 만나서 함 조져야겠다!"

불의를 참지 않는 우리 계장님, 언제 봐도 참 정의로우신 분이다.

피도 눈물도 없는 우리 계장님의 정의로운 에피소드 하나 더.

행사 중 제주어로 노래하는 가수 '뚜럼브라더스'의 공연이 있었는데, 그분의 두 번째 곡이 해녀 삼춘들의 마음을 울렸다. 해녀들이 살아온 삶의 아픔을 노래하며, '그래도 그게 삶이주, 살아야주' 하는 내용의 곡이었다.

노래가 끝나고 한 삼춘이 너무 감동받았다며 노래 감상평과 더불어 자신의 인생 이야기를 하기 시작했다. 가수분이 이 삼춘을 발견하곤 "제 노래 듣는 것보다 삼춘 얘기 듣는 게 더 중요하죠" 하며 마이크를 넘겼는데 이런, 이 삼춘 이야기가 도통 끝나질 않는 것이다.

그러자 주위에서 웅성거리기 시작했다. 이미 식순이 지체되어 공연 시간을 줄여야 하는 상황이었다. 그러자 이를 참지 못하고 우리 계장님이 한마디 했다.

"쟈 쫌 끌어내려라. 가수 노래해야 하는데 쟈 때문에 노래를 못 하잖아."

주변은 계장님 말에 동감하는 분위기였다.

'규칙은 지켜져야 한다!'

'시간 넘겨서 저 사람 공연 다 못하고 가면 저 사람은 뭔 죄냐!'

하지만 그 삼춘의 발언을 제지한 데에는 다른 이유도 있는 것 같았다. 마이크 든 삼춘의 인생 역경은 그 자리에 있는 삼춘들 모두의 이야기라 '왜 쟈만 유난을 떠나' 싶은 마음.

돌아오는 버스 안에서 한 삼춘이 노래를 선창했다. 물질하고 노 저을 때 부르는 민요인 듯했다. 그러자 다른 삼춘들이 손뼉을 쳐가며 후렴을 같이 부른다.

역시 우리 삼춘들 노래 참 잘해. 발성이 남다르다.

그렇게 끊이지 않고 함께 노래 부르며 서귀포시로 돌아왔다.

출향 해녀 이야기

이번 교류 행사에서는 제주 출신 출향 해녀들이 '내가 가장 힘들었던 순간'을 이야기하는 순서가 있었다. 출향 해녀는 육지로 출가 물질을 갔다가 그 지역 어촌계에 정착한 해녀를 뜻한다.

다음은 이번에 들었던 흥미로운 이야기들이다.

강애심 해녀협회장

시집왕 물질을 허기 시작했주. 생가보단 물질은 경 버치진 않했져. 물질은 나 체력이 허락허는 만큼 헐 수 있는 거라 심들진 않허고, 수애기가 경 모수울 수가 어신거라.

수애기가 막 백 마리썩 댕기는디 혼번은 테왁도 놔뒁 도맘쳐. 가이들이 주둥이가 호끌락행 물지는 않험집 했주만은 치이민 죽어부난!

가파도 해녀

어느 날엔 큰큰헌 전복을 잡앙 가심 소곱에 낭 물 우트레 올라가고 이신디 옆이 또 큰큰헌 전복이 보영게. 올라갔당 또시 내려오민 그 자리를 놓치카부뎬 욕심을 내엉 그거꼬정 캥 물 우트레 올라가는디 숨이 딱 보뜬거라.

똑 혼 번 발차기허민 올라갈 거린디 두렁청이 눈 앞이 컴컴허고 두렁청허게 가달이 안 오몽허고 몸이 또시 알로 내려가는 게 느껴전게. 정신을 잃으민 안 된덴 모심을 먹고 심을 내엉 또시 발차기를 행 제우 물 우트레 올라왔주. 옆이 선 우리 데리레 온 뱃소리도 들리곡 사름 소리도 들리는디 눈잎이 안 보영 테왁을 잡을 수가 이서사 말이주.

몸에 심을 뺑 촌촌히 물을 저시는디 그제사 시야가 돌아완. 테왁이 바로 나 옆드레 있더라고, '아, 죽을 뻔 했구나' 생각했져. 그 와중에도 곳세 잡은 전복은 손에서 놓지 않행 꽉 심엉 이섰주. 배에 올랑 사름덜이 전복 크기를 봥 "정말 제라지다, 이추룩 큰 전복은 오랜만에 봠쪄" 허멍 손뼉치멍 축하해주는디, 욕심 부리당 죽을 뻔 헌 생각에 호나도 지꺼지지가 않했쪄.

부산 해녀

난 제주서 나고 자랐주만은 제주서 돈 벌기 어려왕 남편이영 부산으로 와서. 남편은 고기잡에 배 타고 난 물질을 시작해신디 나는 하군이라부난 호쏠밖에 못 잡았주.

놈덜이 이만치 혼 거 잡을 때 난 요만치 헌 거 잡고, 경 못해도 난 열심히 해서. 기여, 여기 상군덜 쪼로록 아장있네. 이 상군덜이 다 잡아부난 난 못 잡았주. 경 지들이 다 잡아봥 나신디 고만치 밖에 못 잡았덴 허주내왔져!

근데 이 삼춘, 얘기 한번 참 재미나게 잘한다. 스탠딩코미디 보는 것 같았다. 주 레퍼토리는 하군 해녀의 어려움.

그다음부터도 진행이 늘어질 때마다 이 해녀님이 "너희들이 그렇게 다 잡아부난!" 하며 추임새로 분위기를 업시켰다.

거제도 해녀

젤 심들었던 건 이방인 취급이었주. 젤 설룬 건 못 입고 목 먹엉도 아니고 나가 호쏠이라도 부족허민 동에 사름덜이 "제주년, 제주년" 헐 때여서. 그게 경 서러웠주….

경행 난 사름덜이 궂엉허는 일을 몬딱 도맡앙 해서. 각종 위원 일이랜 헌 일은 몬딱 맡고 거제도 사름이 되보젠 노력했주. 요자기엔 거제 역사편찬위원회 일을 맡앙 책도 편찬해신디, 그 책이 지역 역사서 중에 젤 훌륭헌 역사서로 평가받앙 상까지 받아서.

〈출향 해녀 이야기〉 표준어 버전

강애심 해녀협회장

시집와서 물질을 하기 시작했어. 의외로 물질은 그다지 힘들진 않았지. 물질은 내 체력이 허락하는 만큼 할 수 있는 거라 힘들진 않았고, 다만 돌고래가 그렇게 무서울 수가 없는 거야.

수애기가 막 백 마리씩 다니는데 한번은 테왁도 두고 도망쳤어. 걔네들이 입이 작아서 물지는 않겠다 싶지만 치이면 사망하고 말걸!

가파도 해녀

어느 날 커다란 전복을 잡아 품속에 넣고 물 위로 올라가고 있는데 옆에 또 커다란 전복이 보였어. 올라갔다 다시 내려오면 그 자리를 놓칠까 봐 욕심을 내서 그것까지 캐고 물 위로 올라가는데 숨이 딱 모자란 거야.

딱 한 번만 더 발차기하면 올라갈 거리인데 갑자기 눈앞이 캄캄하고 갑자기 다리가 안 움직이고 몸이 다시 아래로 내려가는 게 느껴졌어. 정신을 잃으면 안 된다 마음먹고 힘을 내서 다시 발차기를 해 겨우 물 위로 올라왔지. 옆에서는 우리 데리러 온 뱃소리도 들리고 사람 소리도 들리는데 눈앞이 안 보여서 테왁을 잡을 수가 있어야 말이지.

몸에 힘을 빼고 찬찬히 물을 젓고 있으니까 그제야 시야가 돌아왔어. 테왁이 바로 내 옆에 있더라고. '아, 죽을 뻔했구나' 생각했지. 그 와중에도 방금 잡은 전복은 손에서 놓지 않고 꽉 붙들고 있었어. 배에 올라서 사람들이 전복 크기를 보고는 "정말 대단하다, 이런 큰 전복은 오랜만에 본다" 하며 손뼉 치고 축하해주는데, 욕심부리다가 죽을 뻔했다는 생각에 하나도 기쁘지가 않았어.

부산 해녀

난 제주에서 나고 자랐지만 제주에서 돈 벌기 어려워 남편과 부산으로 왔어. 남편은 고기잡이배 타고 나는 물질을 시작했는데 나는 하군이라 조금밖에 못 잡았지.

남들이 이만치 한 거 잡을 때 난 요만치 한 거 잡고, 그렇게 못해도 난 열심히 했어. 그래, 여기 상군들 쪼르륵 앉아있네. 이 상군들이 다 잡아가서 난 못 잡았지. 그렇게 자기네들이 다 잡아놓고선 나보고 고만치밖에 못 잡았다고 타박했다!

거제도 해녀

가장 힘들었던 것은 이방인 취급이었지. 가장 서러운 건 못 입고 못 먹어서가 아니라 내가 조금이라도 부족하면 동네 사람들이 '제주년, 제주년' 할 때였어. 그게 그렇게 서러웠어….

그래서 난 사람들이 궂어하는 일을 모두 도맡아 했어. 각종 위원 일이란 일은 모두 맡고 거제도 사람이 되기 위해 노력했지. 얼마 전에는 거제 역사편찬 위원회 일을 맡아 책도 편찬했는데, 그 책이 지역 역사서 중 가장 훌륭한 역사서로 평가받아 상까지 받았어.

상어 본 썰

2019년 10월 21일

갯깍 쪽 물질을 하던 날, 해안가에서 얼마 떨어지지 않은 곳에서 커다랗고 반질반질한 회색 생명체가 내 눈앞을 지나갔다. 물 깊이는 3미터 정도로 그리 깊지는 않았다. 소라랑 성게랑 쥐치 같은 것만 보다가 그렇게 커다란 생명체를 보니까 비현실적이었다.

"언니야, 저어쪽 봐라. 저거 돌고랜가?"

"야! 상어잖아."

"아, 상어. 그렇구나."

그 상어님은 크기도 크지 않고, 우리 따위는 안중에도 없이 쿨하게 제 갈 길을 가서 나도 별 느낌이 없었던 것 같다. 물에서 나와 다른 삼춘들 얘기를 듣고 나서야 실감이 났다. 계장님 말로는 요즘 상어 안 나타나는 바다가 없단다.

남편에게 상어 봤다고 얘기하니 걱정하면서 "상어는 코를 때리면 된다"며 헛소리를 했다. 팔을 버리고 코를 취할 것인가.

~ 기억 속 이미지 ~

생각보다 이마가 판판하다
(귀여움)

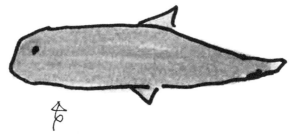

맨들맨들 · 반질반질
몸길이는 1미터가 조금 넘는 정도.
혼자 유유히 어디론가 가시는 중.

※ 주의 요망
요즘은 제주 바다 어디서나 상어를 볼 수 있다.

망사리로 물고기 잡는 법

오늘은 개인 물질이라 소라는 잡을 수 없고 물고기(쥐치, 돌돔 등)와 문어만 잡을 수 있다. 삼촌들은 작살로 물고기를 잡았지만 신입 해녀인 우리는 장비가 없고 기술도 없어서 물에 둥둥 떠다니기만 했다. 그러다 한 삼촌이 망사리*로 물고기 잡는 법을 알려줬다. 이걸로라면 우리도 물고기를 잡을 수 있겠다 싶었다.

① 긴 줄을 묶은 망사리와 성게를 준비한다.
② 잠수해서 바닥에 망사리를 놓고 돌로 성게를 쪼개놓는다.
③ 수면에서 망사리를 지켜본다.
④ 큰 물고기가 들어가면 줄을 확 낚아챈다. 그러면 망사리가 닫히면서 물고기 포획!
⑤ 작은 물고기는 놔주고 큰 물고기는 다른 망사리에 넣고 다시 ①부터 반복한다.

....
* 그물로 만든 주머니

바당 청소

2019년 10월 24일

오랫동안 기다리다 시작한 바당 청소.

태풍이 몇 차례 지나간 후 해변에 쓰레기와 유목들이 잔뜩 쌓였다. 저걸 언제 치우나 싶었는데 드디어 오늘 치운다. 이번 청소는 시 예산 문제로 늦어졌다.

바당 청소는 주기적으로 해녀들이 도맡아 한다. 해녀들이 쓰레기를 주워 포대자루에 넣으면 서귀포시에서 트럭으로 치워가고 일당을 주는 시스템이다.

해변부터 시작해 갯깍까지 걸어가며 쓰레기와 나무들을 주웠다. 예전에는 이렇게 모은 쓰레기를 태워버렸다는데 지금은 그렇게 하지 않는다. 태우면 바로 옆 호텔에서 신고가 들어온다. 태우면 고생이 덜했을 텐데… 아니지 태우면 환경호르몬이 나오지! 어휴, 옮기는 데 얼마나 힘이 들던지.

쓰레기 줍는 것도 힘들지만 주운 쓰레기를 들고 가는 게 진짜 힘들다. 해변은 차가 들어갈 수 없는 곳이 많기 때문이다. 우리가 청소하는 구역이 엄청 넓어 마대자루 양이 상당한데, 이걸 일일이 사람이 들쳐 메고 몇백 미터를 날라야 한다.

21세기 풍경이 아니야…
나무 해오는 조선시대 사람이 된 거 같아…

나무가 든 마대자루는 엄청나게 무겁다. 이걸 손으로 들고 옮기다 보면 몇 미터도 못 가서 내려놓게 된다. 삼춘들은 걸랭이로 등짐을 져서 옮겼다. 나도 걸랭이 가져올걸. 걸랭이는 긴 끈인데 이 끈으로 짐을 묶으면 어떤 짐이든 지게 지듯 메고 갈 수 있다. 나는 걸랭이가 없어 큰 통나무들을 질질 끌어서 옮겼다.

오늘 반나절 주운 쓰레기의 양은 트럭으로 두 대 분량. 나무도 두 대 분량.

왜 나무를 따로 모으나 했더니 이걸 해녀의집 뒤편에 모아두었다가 겨우내 땔감으로 쓴다고 한다. 이 많은 나무를 언제 다 때나 싶었는데 이 양도 모자란단다. 겨울엔 물 들어가기 전에 몸 녹여야 하고, 장사도 야외에서 하니 계속 불을 피워야 하기 때문이다.

망사리로 물고기 잡기

2019년 10월 27일

드디어 내 개인 망사리가 생겼다. 적응하는 데 한참 걸렸다.
이제 어느 정도 방법을 알았으니 물고기 많이 잡아야지!

● 준비물

고기잡이용 망사리

철사 형태의 전선과 긴 끈으로 되어있다. 입구가 탄탄해야 물속에서도 열린 형태를 잘 유지할 수 있다. 수면 위에서 전선과 연결된 줄을 잡고 있다가 줄을 확 잡아당기면 입구가 닫히는 구조.

망사리는 무조건 검은색. 다른 색이면 물고기가 알아보고 안 들어간다고 하는데 정말일까?

납작한 돌

납작한 돌 서너 개. 바닥에 망사리를 고정시키는 용도. 무게가 너무 가벼우면 망사리가 움직이고 너무 무거우면 망사리를 끌어 올릴 때 줄이 끊어질 위험이 있다.

물고기 미끼용
성게

성게 여러 마리. 물고기 미끼로 쓴다. 이 계절에 성게를 구하는 것도 일이다. 죽을 둥 살 둥 하며 바위 밑에서 성게를 파낸다. 성게가 좀 굵어야 물고기가 잘 모이기 때문에 달려들 물고기를 생각하며 기쁜 마음으로 큰 성게를 찾는다.

망사리 놓기

고개를 물속에 처넣고 물고기가 잘 모일 만한 곳을 찾아 망사리를 설치한다.

물고기가 많이 있는
돌과 돌 사이에
망사리를 설치한다.

이런 곳이 포인트
바위 틈에는 물고기가 많이 모인다

① 실패 사례
평지에 설치하면 물고기들이 망사리
안으로 안 들어가고 망사리 옆에서
성게만 야금야금 먹는다.

② 성공 사례
돌 사이에 망사리를 놓아야 물고기들이
어쩔 수 없이 망사리 안으로 들어가
성게를 먹는다.

성게 깨놓고 올라오기

물속에 들어가 성게를 깨고, 돌로 망사리 사방을 고정시켜놓고는 망사리 입구가 잘 벌어지게 한 후 올라와야 한다. 섬세한 작업이라서 한 번에 잘 안 돼, 숨이 꼴딱꼴딱 넘어간다.

① 물속에 잠수해서 돌로 성게를 깬다.
② 돌로 망사리 사방을 고정시키고
③ 망사리 입구가 잘 벌어지게 한 후
④ 줄 끝을 잡고 수면위로 올라온다.

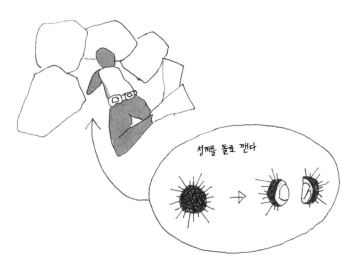

성게를 돌로 깬다

물 속에서 성게를 깨면 성게알이 물에 풀어지는데
그 냄새를 맡고 물고기들이 몰려든다.

줄이 발에 감김

실패 사례 ①
줄이 몸에 걸려 입구가 닫힌다.
→ 다시 내려가 입구를 열어야 한다.

어디로 들어가야 하지?

실패 사례 ②
입구가 높게 설치되었다.
→ 다시 내려가 돌로 잘 눌러준다.

뭐가 있었던 것 같은데?

실패 사례 ③
성게가 너무 작거나 깨놓은 지 오래되어 물고기들이 성게를 인식하지 못한다.
→ 다시 내려가 큰 성게로 바꿔놓는다.

이러고 있는데 테왁이 저 멀리 떠내려갔다.

안녕… 저 먼저 갑니다

망사리 낚아채기

큰 물고기가 망사리 안으로 들어왔을 때 줄을 확 낚아챈다. 어느 정도 기다림의 시간이 필요하다.

① 성게 냄새를 맡고 몰려온 물고기들.
들어갈까 말까 고민하는 것처럼 보인다.

맛있는 냄새 난다

가볼까?

② 물고기들이 성게를 톡톡톡
쪼아먹는다. 얄밉게도 먹는다.

톡·도독톡··

③ 망사리가 닫히자마자 물고기들이
미친 듯이 파닥거린다.
줄 끝으로도 그 움직임이 느껴질 정도다.

파닥파닥

다른 망사리에 물고기 옮겨 담기

물고기 잡는 데 사용한 망사리는 또 낚시를 해야 하니 다른 망사리로 물고기를 옮겨 담아야 한다. 물고기가 안 도망가게 조심조심 옮겨 담는 것이 포인트. 이 과정 역시 물고기를 보면서 해야 하므로 물속에다 머리를 집어넣고 해야 한다. 해녀는 역시 숨 참는 게 직업이구나.

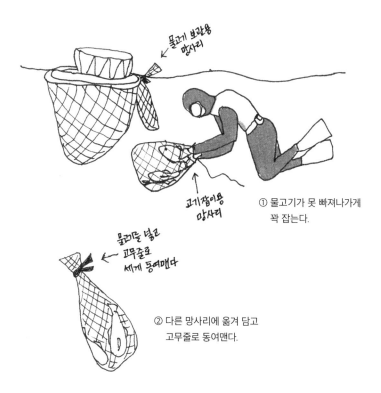

물고기 보관용
← 망사리

고기잡이용
망사리

① 물고기가 못 빠져나가게
꽉 잡는다.

물고기를 넣고
← 고무줄로
세게 동여맨다

② 다른 망사리에 옮겨 담고
고무줄로 동여맨다.

바다에서 본 물고기들

● 용치놀래기(술멩이)

① 성게를 무척 좋아한다.
망사리에 성게를 깨놓으면
달려드는 물고기 중
80퍼센트는 이 녀석들.
나를 먹여 살린다.

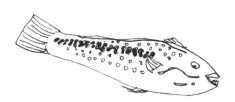

② 스포츠 의류처럼 화려한 형광 무늬로 되어있다.
암놈과 수놈의 컬러링이 다른데 둘 다 무척 화려하다. 수놈은 형광 녹색 베이스에 형광 핑크 땡땡이, 암놈은 옅은 갈색 베이스에 형광 주황 땡땡이. 독 있는 거 아냐? 먹어도 되나 싶은 외형이지만 뼈째(세꼬시) 회 쳐 먹는다.

③ 엄청난 생명력을 가졌다.
악조건 속에서도 오래 산다. 저번에 파도가 너무 심해서 잡은 물고기를 다 풀어주고 모래사장으로 걸어 나왔는데, 도착해서 테왁을 확인하니 미처 빠져나가지 못한 어랭이 한 마리가 펄떡거리고 있었다. 물 밖에서 20분을 있었는데?
좀 큰 어랭이는 머리만 남은 상태에서도 10분 넘게 펄떡거린다. 회 뜨고 남은 머리를 체에 모아두었는데 남은 머리들이 아가미를 펄떡거리고 있었다. 끔찍하게도 강인한 생명력이다.

● 돌돔

무척 빠르다. 작살로만 잡을 수 있다. 얘는 육식을 하는 애라 살이 무척 맛있다.

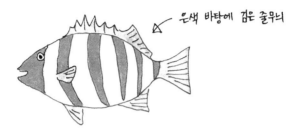

은색 바탕에 검은 줄무늬

● 아홉동가리(논쟁이)

돌돔이랑 똑같이 생겼는데 컬러링이 다르다. 잘 몰랐을 땐 손님한테 돌돔이라 했다가 큰일 날 뻔했다. 얘는 이끼만 뜯어 먹는 애라 돌돔보단 맛이 없다.

푸른 빛이 섞인 은색 바탕에 짙은 갈색 줄무늬

이름 모를 검은 물고기 떼

크기가 제법 커서 내가 쳐놓은 망사리에 관심을 좀 보였으면 좋겠건만
이놈들은 함께 이동하는 동안에는 먹이에 관심을 보이지 않는다.
역시, 단체 생활할 땐 개별행동하면 민폐지.

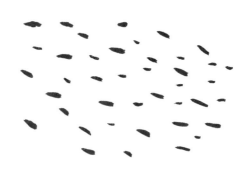

일사불란하게 움직이는 멸치 떼

얘네들은 내가 다가가면 단체로 방향전환을 한다.
그 순간 멸치등에 햇빛이 반사되어 산발적으로 반짝이는데
꼭 크리스마스 전구처럼 예쁘다.

조류가 세게 흐르던 날

2019년 11월 25일

   오늘은 제주 남부 앞바다에 풍랑주의보가 떴는데도 물질을 나갔다. 입수조차도 쉽지 않아서 우리 새내기 해녀 넷이 마지막으로 물에 들어갈 때까지 계장님이 지켜보고 있었다.

   테왁 잡고 철벅철벅 발차기하며 삼촌들이 가는 곳을 따라 헤엄쳐갔다. 못 쫓아가면 죽음이다 싶은 마음으로 열심히 발을 놀리는데 내가 제일 속도가 느렸다. 오리발을 바꾸긴 바꿔야겠다 싶었다. 내 오리발은 작고 얇아서 추진력이 좋지 않다. 게다가 사이즈도 맞지 않아 발차기를 격하게 하는 날이면 발가락에 상처

가 나기도 한다.

조류가 바깥쪽으로 흐르는 것을 보니 나올 때 더 죽음이겠구
나 싶었다.

오늘은 이번 물때의 마지막 날이어서 수심이 매우 깊다. 평소
에는 5~6미터 깊이에서도 작업이 가능했는데 오늘은 수심이 족
히 10미터는 됐다. 중간에 이퀄라이징 한 번 하고 바닥에 도착하
면 이미 숨이 모자란 게 느껴졌다. 하지만 내가 여기까지 어떻게
내려왔는데 뭐라도 주워가야지 하고 오기가 생긴다. 서둘러 소
라 몇 개 주워 물 위로 올라가는데, 올라가는 데도 한참이다. 처
음으로 물질이 목숨 걸고 하는 거구나라는 생각이 들었다. 실제
로는 얼마 안 되는 시간이었겠지만.

올라가면 또 테왁이 어디 가고 없다. 파도가 세서 테왁이 몇
미터씩 떠내려가 있는 것이다. 숨 몇 번 정리한 후 테왁 찾으러

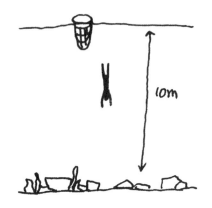

이동하고 다시 작업하던 곳으로 돌아와야 하니까 또 이동하고. 물 한 번 들어가는데 평소보다 시간이 몇 배는 더 걸린다. 이동하느라 볼장 다 본다.

오늘은 작업량보다 위치 잡는 것에 더 신경을 썼다. 오늘의 작업구역은 중문 바다와의 경계 지역이라 작업라인 바깥으로 나가면 절대 안 된다. 옆 동네 바다를 침범하면 동네 싸움으로 번지기 때문이다. 게다가 오늘은 파도가 센 편이라 안전을 위해 삼춘들과 가까운 곳에서 작업하기 때문에 삼춘들과의 거리 조절도 중요하다. 너무 붙으면 삼춘들 작업을 방해하게 된다. 적당한 거리에서 삼춘들의 숨비소리가 들려오면, 이 위치가 맞구나 하며 안심이 되었다.

한참 작업을 하고 있는데 삼춘들이 자꾸 육지 쪽으로 갔다. 이제 나가는 건가 싶어 나도 열심히 뭍으로 헤엄쳐갔다. 그런데 돌

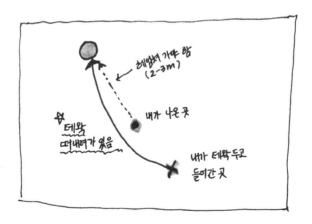

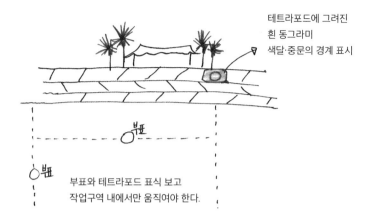

테트라포드에 그려진
흰 동그라미
색달·중문의 경계 표시

부표와 테트라포드 표식 보고
작업구역 내에서만 움직여야 한다.

아보니 삼춘들이 계속 작업하고 있다.

더 작업해야 하나 보다. 그러면 여기서 삼춘들 올 때까지 소라나 잡자 하고 물에 들어갔다. 올라오니 뒤에서 삼춘과 언니들이 내 이름을 부르고 난리가 났다.

"야아! 그냥 나가!"

나와서 한 소리 들었다. 알고 보니 삼춘들이 나가는 것처럼 보였던 이유는 삼춘들도 자꾸 바다 쪽으로 떠밀려가서 위치를 조정하는 거였고. 내가 자리를 잡고 내려갔던 바다는 소라 양식장*이어서 절대로 물질하면 안 되는 곳이었던 것이다.

·········
* 작은 소라들을 잡으면 다시 돌려보내는 곳. 특별한 허가 없이는 절대 물질해서는 안 된다.

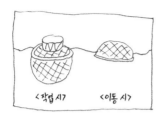

계장님은 아무리 멀리 떨어져 있어도 누가 작업하고 있는지 누가 이동하고 있는지 다 안다.
테왁 색깔을 보고 구분한다.

작업할 때는 테왁을 바로 두기 때문에 주황색이 눈에 띈다

이동할 때는 테왁을 엎고서 헤엄치기 때문에 주황색이 안 보인다.

"넌 눈치도 없시냐. 이젠 너도 남들 하는 만큼 알아서 해야지."
"너 정말 거기 작업하면 안 되는 곳인 거 몰랐어?"
"우리도 한 번씩 다 혼났어. 그쪽에서는 물고기도 잡지 말래."

그래도 계장님이 봐줘서 이 정도로 끝났다. 이 난리를 치면서 잡은 소라는 겨우 4킬로그램. 집에 돌아와 침대에 누우니 온몸이 두들겨 맞은 것처럼 쑤셨다. 맞아, 파도에 계속 얻어맞았지.

해녀의집과 어촌계식당

2019년 12월 8일

제주 바닷가에는 어촌계 마을 이름이 붙은 ○○ 해녀의집, ○○ 어촌계식당이 있다. 이 식당들은 수협에 가입되어있는 어업 종사자들이 직접 운영하는 곳으로 진짜 제주 해산물을 맛볼 수 있는 곳이다.

이 둘은 운영 주체가 다른데, 해녀의집은 어촌계원 중 해녀들이 당번제로 운영하는 식당이고, 어촌계식당은 해녀를 제외한 어촌계원들이 운영하는 식당이다. 어촌계식당은 요리가 맛있고, 해녀의집은 싱싱한 해산물이나 회가 맛있다. 유명 어촌계식당, 해녀의집으로는 동복리 해녀촌과 월정리 어촌계식당이 있다.

해녀의집은 해녀 삼춘들이 잡은 해산물을 직접 판다. 보통은 오전에 물질하고 힘든 몸을 이끌고 와 오후에 당번제로 장사하기 때문에 조리과정이 복잡하지 않은 음식 위주로 판다.

평소 삼춘들이 먹는 점심밥을 보면 무척 검소하다. 차가운 쌀밥에 호박잎, 된장, 젓갈, 김치가 끝. 아니면 고구마나 감귤로 때우는 경우도 무척 많다. 해녀의집에서 맛볼 수 있는 소박하고 신

선한 맛은 해녀 삼춘들의 고단한 삶을 고증하는 것인지도 모르
겠다.

동복리 해녀촌

회국수의 원조. 초장 같은 소스에
회랑 국수랑 같이 비벼져서 나온다.
소박한 외관에 실망할 수 있지만 정말 맛있다.

월정리 어촌계 식당

먹어본 우럭튀김 중 제일 맛있었던 곳.
우럭을 통째로 바짝 튀겨 양념치킨 소스 같은 거에 버무려서 나온다.
뼈째 와삭와삭 씹어 먹을 수 있다.

개인 장사 준비 루틴

① 물 밖으로 나오면 일단 테왁, 연철, 오리발, 수경 같은 물질 장비를 임시로 풀어놓는다.

② 잡은 물건을 들고나와 저울에 재고 장부에 적는다. 반드시 2인 이상 참관하에 기록하여 공정을 기한다.

해산물 무게를 재는 저울

공동 장부

③ 장사할 자리로 이동한다. 스티로폼 박스에 바닷물을 받고 잡아온 물건을 넣은 후 산소공급기를 연결한다.

바닷물을 담은 스티로폼 박스

간이 산소공급기

④ 테이블과 의자를 세팅하고 행주로 닦는다. 테이블 위에 이쑤시개와 젓가락 등도 세팅한다.

⑤ 테이블에 파라솔을 장착한다. 파라솔이 날아가는 것을 방지하기 위해 연결된 끈은 돌과 기둥에 묶는다.

손님 맞이할 테이블

⑥ 스티로폼 박스 앞에는 도마와 칼, 그 옆에는 그릇 담아놓은 바구니와 민물 담은 양동이를 놓고, 수돗가 앞에는 수세미와 세제, 대야를 가져다 놓는다.

⑦ 보말은 바닷물을 약간 넣고 휴대용 가스버너로 15분 정도 삶는다.

해산물 손질할 작업공간

그릇들 양동이

도마와 칼 보말을 삶는 냄비

⑧ 다 삶은 보말은 민물로 헹궈 모래를 제거한다.

이렇게 장사 준비가 끝났다. 장사 시작!

해삼 줍기

2020년 1월 4일

날이 추워지고 바다도 점점 차가워지고 있다. 이제는 물고기도 줄어 망사리로는 물고기를 못 잡지만 돌돔과 쥐치는 아직 있어 골갱이나 작살을 들고 들어가 잡는다. 이 시기에 잡을 수 있는 대박 물건은 해삼. 제주에서 주로 나는 것은 홍해삼인데 배

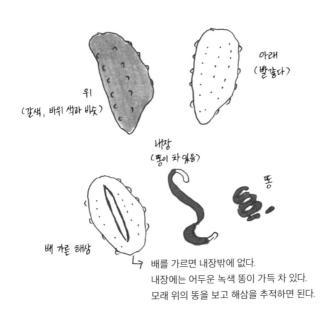

위
(갈색, 바위 색과 비슷)

아래
(빨갛다)

내장
(똥이 차 있음)

똥

배 가른 해삼

배를 가르면 내장밖에 없다.
내장에는 어두운 녹색 똥이 가득 차 있다.
모래 위의 똥을 보고 해삼을 추적하면 된다.

부분이 빨간색이라 이런 이름이 붙었다.

해삼은 주로 '줍는다'라고 표현한다. 발견할 수만 있다면 모래밭에서 그냥 줍기만 하면 되기 때문이다. 얘네는 도망치지도 않고 그냥 가만히 있는다. 단지 발견하기가 어려울 뿐이다. 계장님 얘기로는 날이 더 추워지면 해삼이 막 굴러다니니 테왁 하나 가득 주워올 수 있다고 한다.

지금까지 내가 해삼을 찾는 패턴은 이렇다. 바위와 모래의 경계면을 유심히 보다가 '어? 저 위치에 저런 모양의 돌이 있다니, 왠지 어색한데?' 하는 생각이 들면 조금 더 내려가 확인해본다. 그러면 해삼 하나 득템!

보물찾기나 틀린 그림 찾기 하는 느낌이다. 대부분은 그냥 돌인 경우가 많다. 그러면 다시 찾을 때까지 철벅철벅 모래밭을 유심히 보며 이동한다. 다음 모래밭, 또 그다음 모래밭으로.

이 돌멩이가
이상하다 !

기가 막히게 신묘한 날

● 멸치 떼

평소에는 이삼백 마리 정도의 멸치 떼와 자주 마주친다. 살짝 다가가면 얘네들이 화들짝 놀라며 순식간에 방향 전환을 하는데 투명한 몸통에 햇빛이 반사되어 은색 빛이 점멸한다. 크리스마스 전구처럼 아름답다.

반투명 줄무늬가 있다.
한 방향으로
질서정연하게 이동한다.

그런데 이날은 끝도 없는 대규모의 멸치 떼를 목격했다. 대강 봐도 1만 마리는 돼 보였다. 얘네들이 지나가길 기다리고 기다리고 기다려도 이 대형의 끝이 보이질 않았다.

여기 밑에 해삼 있는 것 같은데….

멸치 놈들아! 너희들 때문에 안 보이잖아!

길 좀 막지 말라고!

기다리고 기다리다가 그냥 뚫고 가야겠다 싶어 잠수하니 이 멸치 군단이 딱 내가 지나갈 만큼만 자리를 비워줬다. 올라올 때도 내가 나오는 길만 피해서 줄지어 이동한다. 나 이 장면 인어공주에서 봤던 거 같아!

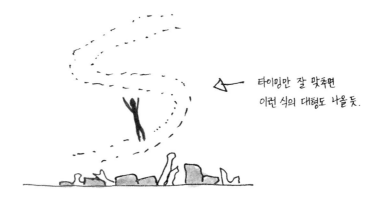

타이밍만 잘 맞추면
이런 식의 대형도 나올 듯.

● 해녀새

뜬금없는 곳에 새가 한 마리 있었다. 해삼 찾느라 한참 이동하고 있는데
바다 한가운데서 새를 만난 것이다.

'새가 왜 여기 있지? 여긴 쉴 만한 바위도 없는데?'

가만히 보고 있는데 이 새가 갑자기 바닷속으로 들어간다. 나도 머리를 물
속에 넣고 이 새가 잠수하는 모습을 보았다.

상당히
크다

???

덕다이빙으로
쭈욱 내려가서

바위 사이사이를
뒤져가며 유영함.

159

저 새는 분명 '해녀새'다. 바위 틈새 하나하나 뒤지는 폼이 해녀들이 바위 사이에 소라 없나 만져가며 뒤지는 폼이랑 똑같다. 단지 속도가 우리보다 세 배는 빠르다.

해녀새는 한 30초쯤 잠수하다 바다 위로 쑥 올라왔다. 그러고는 물 위에서 한 10초쯤 명상하듯 있더니 다시 잠수했다. 이번에는 내가 본 게 맞는지, 쟤가 새인가 오리인가 물고기인가 정체가 뭔가 하고 유심히 보았다.

목이 길고 날개가 있고 발은 오리발이다. 오리인가? 오리여서 오리발이 있고 덕다이빙을 그렇게 잘하는 건가?

근데 전에 오리가 먹이 먹는 모습을 본 적이 있는데, 오리는 깃털의 기름기 때문인지 저렇게 깊이 잠수를 못 한다고 하던데. 어? 그런데 쟤는 날개가 저렇게 젖었는데 어떻게 다시 날지?

나중에 해녀 삼촌들한테 물어보니 정체를 전혀 모르겠다는 거다.

"크기가 한 1미터 정도 되고요. 목이 길고 날개가 있고 잠수를 무척 잘해요."

"몰라. 오리인가?"

"오리는 잠수를 못 해."

"상어인가?"

"쟤도 상어 알어."

나중에 검색해보니 바다가마우지라는 철새였다. BBC 다큐에도 나왔는데 이 새, 순 양아치다. 내가 본 영상 속 가마우지는 고래가 물고 있던 물고기를 낑낑대며 빼앗고 있었다. 얘는 최대 1분까지도 잠수가 가능하다고 한다.

● 전복

해삼도 큰 거 하나 잡고 보말도 어느 정도
땄으니 이제 돌아갈까 했는데 전복
이 바위 위에 떡 하니 있는 게
보였다. 그것도 이제까지 잡아본
적 없는 엄청 큰 놈이었다.

이날은 정말이지 모든 것이 뜬금없었다. 이 모든 심상치 않은 일들이 이 전
복을 발견하기 위해서였던 건가. 원래 전복은 붙는 힘이 좋아서 빗창으로 세
게 긁어야 한다고 들었는데, 이 전복은 바위에 붙어있지도 않아서 골갱이로
슬슬 밀었는데도 떼졌다.

돌아가는 길엔 상어도 봤다. 무섭긴 했지만 자주 봐서 그런지 이제 신기하
지도 않다.

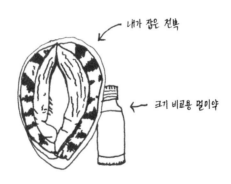

내가 잡은 전복

크기 비교용 멀미약

바다 위의 벤치클리어링

2020년 2월 4일

오늘 바다에서 엄청난 일이 있었다.

말하자면 바다 한가운데에서 일어난 벤치클리어링.*

평소에도 색달과 중문 경계에서 작업할 때는 중문 바다로 넘어가지 않게 주의하면서 물질을 해왔다. 그런데 중문 해녀들이 보기엔 우리가 중문 바다 쪽에서 작업하고 있는 것처럼 보였나 보다. 이걸 두고두고 지켜보던 중문 해녀들이 작정하고 시위에 나섰다. 아예 우리 색달 바다로 테왁을 밀고 넘어온 것이다.

이를 본 우리 계장님은 분노에 차서 우리 색달 해녀들에게 외쳤다.

"그럼 우린 중문 바당으로 가자!"

이렇게 양쪽 마을 해녀들은 서로 남의 바다로 테왁을 밀고 헤

....

* 야구, 축구 등 스포츠 경기 중 선수 간 싸움이 벌어졌을 때, 벤치를 비워두고 양 팀 선수들이 몰려나와 뒤엉키는 것.

〈 서로 남의 바다에 침입하는 해녀들 〉
뭘 하는 건 아니다. 일종의 시위일 뿐.

색달-중문 간의 경계
↓

색달 ←   ○   → 중문

중문 해녀들   색달 해녀들

야! 중문으로 이동!

〈 바다 위에서 열린 색달-중문 원탁회의 〉

엄처갔다. 우리 신입 해녀들은 뭐가 뭔지도 모른 채 일단 시키는
대로 했다.

한참 동안 그렇게 서로의 바다에서 대치 상태에 있었다. 그
러다 어느 순간 색달-중문 경계에서 해녀들이 둥그렇게 모였다.

나는 늦게 도착해서 대화 내용을 다 듣지는 못했다. 멀리서 들었을 땐 그냥 꽥꽥거리는 소리 같았다.

"너는 계장이라는 년이 XXX XXX* 경허믄 되냐!"

"XXX… XXX…!!"

"이십 년 전에 옥자가 우리 바당 왕 해삼 심으민 돌멩이로 대멩이를 콱 조사불켄 해부난 그 후제 우린 넘어간 적 어서! 게민 느네도 안 넘어와사쥬!"

"자인 무사 이십년 전 일을 기억허곡 경햄샤?"

"우리가 안 넘어오민 느네도 안 넘어와사주! 한두 번도 아니고!"

"어! 아! 기여. 우리가 잘못했져. 이제 글라 글라."

"자꾸 넘어오민 느네 바당 왕 해삼 몬딱 잡아가켜."

"야야. 이디 해삼 어서~."**

....

* 매우 험한 말이었던 것으로 추정된다.

** "너는 계장이라는 년이 XXX XXX 그러면 쓰냐!"

"XXX… XXX…!!"

"이십 년 전에 옥자가 우리 바다에 와서 해삼 캐면 돌멩이로 머리를 콱 부숴버리겠다고 하니까 그 후로 우린 넘어간 적이 없어! 그러면 너희들도 넘어오지 말아야지!"

"쟤는 왜 이십 년 전 일을 기억하고 그러냐?"

"우리가 넘어오지 않으면 너희들도 넘어오지 말아야지! 한두 번도 아니고!"

"어! 어! 그래, 우리가 잘못했다. 이제 가자 가자."

"자꾸 넘어오면 너희 바다 가서 해삼 모두 잡아갈 거야."

"야야, 여기 해삼 없어~."

그렇게 격렬하게 의견교환을 한차례 한 뒤 각자 원래 작업하던 바다로 돌아갔다. 바다에서 패싸움 나나 싶어 걱정했는데 다행이었다. 돌아가는 길에 중문 해녀님이 날 보더니 그냥 보내기 그랬는지 한 마디 쏘아붙인다.

"야, 애기해녀! 너도 명심해!"

내가 무슨 말을 할 수 있겠는가. 그냥 "네 네" 하고 말았다.

그리고 몇 주 후.

경계 바다에서 중문 해녀들과 또 마주쳤다. 경계에서 서로 뭐 하는지 힐끗힐끗 쳐다보긴 했지만 별일 없었다. 근데 돌아와서 삼춘들이 아까 있었던 일을 이야기하는데 뭔 일이 있긴 있었나 보다.

"야, 중문 가이낸 일헐 때 노래 부르멍 허나?"

"노루 우는 것 추룩 우엉우엉 울언게."

"뭘 자꾸 중얼중얼허길래 들어보난 '우리 바당 오지 마랑 우리 바당 오지 마랑' 허는 거더라."*

·········

* "야, 중문 걔네들은 일할 때 노래 부르면서 하니?"
"노루 우는 것처럼 우엉우엉 울더라."
"뭘 자꾸 중얼증얼 하길래 들어보니 '우리 바당 오지 마랑 우리 바당 오지 마랑' 하는 거더라."

해삼을 기원하며

2020년 2월 14일

해삼을 못 잡은 지가 대체 며칠째인지. 그동안 잡은 해삼들은 나 불쌍하다고 용왕님이 그냥 내려주신 거였나 보다.

바다 위에서 작업하다가 삼춘들 만나면 "야, 느 해삼 몇 개 심었나?"* 물어본다. 나는 고개를 도리도리하며 "암것도 못 잡았어요. 삼춘은요? 많이 잡으셨어요?" 그러면 삼춘은 "나도 벨로 못 잡안"** 하면서 가는데 삼춘 테왁에는 그래도 기본 해삼 두세 개는 실려있고 옆 망사리에는 문어도 매달려있다.

최근에 알게 된 사실 하나. 물질하는 사람들끼리는 "많이 잡으라"는 인사를 하지 않는다. 그래서 "하영 심었다"는 말도 안 하고, "하영 심으라"는 인사도 안 한다. 그 이유를 물어보니 욕심내서 많이 잡다가는 빨리 가게 되기 때문이라고.

아, 그래서 내가 오늘 못 잡았다고 하면 삼춘들이 "물질이 원

....
* "야, 너 해삼 몇 개 잡았니?"
** "난 별로 못 잡았어."

166

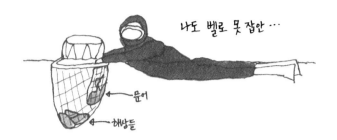

래 경허여. 오널 하영 잡으민 낼 못 잡곡, 못 잡는 날이 이시민 또 잘 잡는 날이 있져"* 하고 위로를 했던 거구나. 근데 저는 요 며칠째 계속 공치고 있는데요…!

그런데 지금은 많이 잡아도 문제다. 손님이 없다. 코로나바이러스 때문에 제주에 관광객이 엄청 줄었다. 평일 공동장사 때는 하루 동안 손님이 딱 세 테이블 든 적도 있다. 코로나가 4월까지 간다는 말도 있던데 참 큰일이다.

용왕님, 저 한두 접시라도 팔게 매일 해삼 한 마리만 보내주세요.

....
* "물질이 원래 그렇다. 오늘 많이 잡으면 내일 못 잡고, 못 잡는 날이 있으면 또 잘 잡는 날이 있다."

해삼, 너는 어디에 있느냐

모래밭에 있는 큰 바위 아래에는 꽤 넓은 틈이 있다. 쥐치를 잡다가 놓치면 이런 곳에 가서 숨는다. 삼춘들은 손으로 쓱 훑어서 쥐치를 꺼내 오기도 하던데 나는 골갱이를 휘둘러대도 도통 잡을 수가 없다. 결국 근처에서 기다리다가 쥐치가 나오면 술래잡기를 하기 시작한다. 쥐치 한 마리 잡겠다고 같은 바위를 열 번이나 들어간 적도 있다. 이렇게 쥐치가 숨을만한 자리에는 해삼도 숨어있다.

해삼은 모래를 먹고 사는 애들이라 모래밭에 산다고 한다. 주로 바위와 모래가 만나는 곳 바위 쪽에 붙어있다.

대놓고 나와 있는 해삼들은 이미 삼춘들이 다 잡았을 테고, 내일은 바위 밑을 중점적으로 살펴봐야겠다. 잠수 더 많이 해야지.

바위 밑 살펴보기.
쥐치가 숨을 만한 바위에 해삼도 산다.

첫 미역

2020년 3월 8일

미역철이 돌아왔다. 제주 미
역은 돌에서 자라는 돌미
역이다. 아직 크게 자라
지 않아 무게는 별로 안
나가지만 잎이 부드럽고
연하다. 그래서 삼춘들은
미역철 초기에 딴 미역은 팔
지 않고 친척이나 지인들에게

바위에서 자라는 돌미역.
바위 사이에 검은 뭉치들이 흐느적거린다.

보내준다. 계장님도 첫 미역은 귀한 거니 팔기보다 줄 사람 있으
면 주는 게 더 좋다고 했다. 비료 포대 한가득 16~20킬로그램은
채워야 3만 원어치라고 하니 우리 부모님, 시댁 부모님께 한 포대
씩 보내려면 부지런히 따야 한다.

따는 법은 간단하다. 잠수해서 돌에 붙어있는 미역을 미역귀
까지 낫으로 댕강 자른다. 물속에 한 번 들어가면 미역 여러 개
를 잘라 한 움큼 쥐고 올라온다.

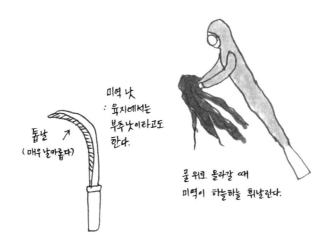

미역 낫
: 육지에서는
부주낫이라고도
한다.

돕날 →
(매우 날카롭다)

물 위로 올라갈 때
미역이 하늘하늘 휘날린다.

올라갈 때 손에 쥔 미역이 하늘하늘 휘날리는 게 꼭 부케 같다. 기분 좋네!

멀미 날 정도로 열심히 미역을 땄건만 결국 한 포대밖에 못 채 웠다.

갓 딴 미역은 정말 맛있다. 향긋하다고 해야 하나. 성게도 그렇 고 해삼도 그렇고 맛이 다 다르지만 공통적으로 바다향이 나면 서 향긋하다. 허브 같다.

먹기 전엔 민물로 빡빡 씻어야 한다. 그냥 먹으면 좀 떫은맛이 난다.

나는 미역을 냉동실에 얼렸다가 아이스 팩이랑 해서 택배로 부칠 생각이었다. 집에 가져가려고 미역 포대를 둘러메고 언덕을 낑낑대며 올라오는데 주차장에서 감귤 파시는 아주머니들이 벌써 미역철이냐고 묻는다.

"네. 오늘부터 해요. 첫 미역이라 양은 적은데 부들부들해요. 제가 딴 건데 사실래요?"

아주머니들이 미역을 살펴보더니 미역귀부터 꺾어 우적우적 씹어 먹는다.

"민물에 아직 안 헹궜어요. 조금 떫지 않아요?"

"아냐, 맛 좋아."

주변에 있던 관광객들도 한입씩 맛보고 간다. 난 안 헹군 미역은 떫던데 다들 맛이 좋다고 한다. 그 자리에서 감귤 아주머니한테 한 포대 3만 원에 팔았다.

이날 저녁, 엄마한테서 미역 언제 보내줄 거냐는 문자가 왔다.

"오늘 갖고 오다 확 팔려버렸네. 이번 물때는 끝났고 다음번 물질 때 보낼게요."

아직 덜 자라서 야들야들한 미역

먹을 줄 아는 사람만 먹는 미역귀

뿌리는 잘라낸다

집주인 삼춘

2020년 3월 12일

쉬는 날 환기하려고 창문을 열었더니 집주인 삼춘이 수돗가에서 미역을 빨고 있는 게 보였다. 눈이 마주치자 반가워하며 나를 부른다.

"야, 귤 좀 가져강 먹으라."[*]

삼춘이 과일 운반 상자에 담긴 파치 귤과 한라봉을 잔뜩 챙겨 줬다.

우리 집주인 삼춘은 내게 이것저것 참 잘도 챙겨준다. 낙엽 태우다 고구마 구우면 맛 좀 봐라 하며 두세 개 갖다주고, 잔칫집 다녀오면 떡이랑 부침개랑 나눠주고, 제삿날에 제수 음식으로 한 고기며 한과도 챙겨준다. 그럼 나도 답례한다고 집에서 보내준 닭갈비랑 삶은 소라를 가져다드리는데, 그럼 또 귤이랑 이것저것으로 돌아온다.

"삼춘, 도와드릴까요?"

....
* "야, 귤 좀 가져가서 먹어라."

수돗가에서 미역을 손질하는 집주인 삼춘

"무사!* 거의 다 해가멘."**

딱 보기에도 아직 많이 남은 것 같은데 거절한다. 제주 어르신들은 젊은이 손을 빌리길 어려워한다.

"삼춘 하시는 거 구경해도 돼요?"

....

* '왜'라는 제주어. '뭣 때문에'라는 뉘앙스가 강하다. 이 문장의 '무사!'를 풀어 설명하자면, '뭐 하러 돕느냐, 하지 마라'라는 뜻이다.

** "왜! 거의 다 해간다."

집주인 삼춘한테 배우는 생미역 손질법

① 대야에 미역과 수돗물을 붓고 그늘에서 한두 시간 불린다.
② 작은 대야에 작업할 미역을 나누어 담고 굵은 소금을 골고루 뿌린다.
③ 빨래하듯 미역을 빡빡 문지른다.
④ 4~5분 정도 미역을 빨고 나면 미역의 점액질이 어느 정도 빠진다. 그러면 흐늘흐늘 말랑말랑해지면서 우리가 아는 미역과 비슷한 상태가 된다.
⑤ 채반에 미역을 옮겨 담고 대야에 새 수돗물을 받는다. 다시 그 미역을 붓고 1~2분 정도 북북 문질러 헹군다. 이 과정을 두세 번 반복한다.
⑥ 미역을 뜯어 맛을 본다. 떫은맛이나 짠맛이 나지 않으면 완료.
⑦ 손질이 다 된 미역은 큰 채반에 옮겨 물기를 뺀다. 대여섯 시간 물기를 뺀 미역은 봉지에 납작한 형태로 담아 냉동 보관한다.

삼춘의 지도하에 실제로 해보니 무지하게 고된 일이었다.
"메역 아프카부덴 경 솔솔 빠냐. 복복 빨아사주."
"나가 허는 거 보기엔 쉬와 보였지이? 호호호."
"어떤 사름덜은 뜨거운 물 부엉 손질허기도 허는디 경허민 메역 맛이 빠정 맛이 덜허여. 이추룩 손질해사 그냥 먹어도 맛있주."[*]

이렇게 손질한 미역을 초장 찍어 먹으면 향긋하고 새콤하고 든든하다.

....
[*] "미역 아플까 봐 그렇게 살살 빠니? 빡빡 빨아야지."
"내가 하는 거 보기엔 쉬워 보였지? 호호호."
"어떤 사람들은 뜨거운 물 부어서 손질하기도 하는데 그러면 미역 맛이 빠져서 맛이 덜해. 이렇게 손질해야 그냥 먹어도 맛있어."

잃어버린 골갱이를 찾아서

2020년 3월 18일

오늘의 수확은 -7,000원. 아무것도 잡은 게 없는 데다 바다에 골갱이까지 빠뜨리고 말았기 때문이다.

지금까지 물에 빠뜨린 골갱이만 벌써 두 개째, 미역 낫도 한 개 빠뜨렸다. 바다 신령님이 나타나서 "이 낫이 네 거냐, 이 골갱이 가 네 거냐" 해줬으면 좋겠다. 이번 골갱이는 삼춘들한테서 물어 물어 산 오일장 하르방표 골갱인데. 엄청 좋은 건데. 이걸 사려면 오일장 날까지 기다려야 한다.

골갱이를 바다에 빠뜨리면 찾기가 어렵다. 그나마 빠뜨린 걸 바로 알아채면 몇 번 잠수해서 찾을 수 있는데 이동 중에 잃어 버린 걸 발견하면 어디서 빠뜨렸는지 도통 알 수 없어 찾을 길이 없다. 나만큼 자주는 아니지만 삼춘들도 물질 중에 가끔 골갱이 를 잃어버릴 때가 있어 보통 테왁에 골갱이 두 개씩은 껴놓고 다 닌다.

오늘은 옥자 삼춘 예비 골갱이를 빌려 물질을 겨우 끝냈다. 내 일도 물질하는 날이라 빨리 골갱이를 돌려드려야 하니 근처 농 기구집에라도 가서 골갱이를 사야겠다.

미역 작업

2020년 3월 19일

본격적인 미역철이 왔다. 갯깍 쪽은 바위가 안 보일 정도로 미역이 빼곡히 자랐다.

어제 나는 미역을 납품할 데가 없어서 미역은 안 하고 해삼과 쥐치를 찾으러 슬렁슬렁 돌아다녔다. 그러다 수확은 하나도 못하고 골갱이만 잃어버렸다.

미역은 소라처럼 어촌계에서 한꺼번에 모아 팔지 않고 삼춘들이 해오는 대로 각자 아는 식당에 판매한다. 생미역은 하루만 지나도 색이 변색돼 상품 가치가 떨어지기 때문이다. 그래서 삼춘들은 사전에 식당에 연락해 몇 포대 넘길지 계약하고 미역을 따는 대로 식당에 넘긴다. 이렇게 개인 네트워크에 의지하기 때문에 따로 팔 데가 없는 삼춘들은 미역 채취를 안 한다. 나도 그렇고.

하지만 오늘은 나도 미역 작업을 하게 됐다. 계장님이 해삼도 쥐치도 미역도 안 해온 어제의 나를 기억하고는 "너 오늘 미역 두 포대만 해와라. 나 아는 곳에 팔아줄게"라며 지령을 내렸다.

너무나 죄송하고 감사했다. 원래대로라면 계장님이 미역을 넘기는 곳인데 내게 수익처를 나눠준 것이다.

제일 여리고 부드러운 미역으로 가득 채워야지. 장사는 신용이라고 집주인 삼촌도 얘기하지 않았던가.

검객처럼 미역 채취하기

본격적으로 미역 작업한 지 열흘밖에 안 된 것 같은데 벌써 어떤 미역은 누가 뜯어먹은 것처럼 끝이 탔다. 미역이 막 나왔을 때와는 상태가 영 다르다.

억세서 못 먹는 미역귀나 끝이 탄 부분은 잘라내고 테왁에 집어넣었다. 덕분에 내 주위로 미역 조각들이 떠다닌다. 그러자 현주가 했던 말이 생각났다.

"물속에서 미역 자르고 있으면 우리 좀 검객 같지 않아요?"

물속에서는 중력이 적어
자세가 기묘해진다

낫이 굉장히 잘 들기 때문에
휘두르다 보면 검객이 된 기분이다

작은 미역 조각들이
내 주위로 둥둥 떠다닌다

미역은 채취하는 것보다 옮기는 게 훨씬 힘들다. 망사리가 가득 찬 테왁은 뒤집을 수가 없어 바로 선 상태로 밀면서 헤엄쳐야 한다. 이렇게 하면 물의 저항을 많이 받기 때문에 평소보다 이동 속도가 절반으로 떨어진다.

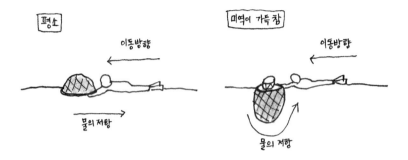

더 힘든 건 물에서 나올 때다. 미역이 가득 찬 테왁을 뭍으로 끌어올리는 일은 말도 못 하게 힘들다. 삼춘들이 보통 비료 포대 네댓 개는 채울 정도로 미역을 해오는데 단순하게 계산해봐도 한 포대에 미역이 20킬로그램 들어가니 100킬로그램인 셈이다. (계장님은 다른 분들의 두 배 정도 한다.) 더구나 물에서 테왁을 끌어 올린 직후에는 미역들이 젖은 상태다 보니 이보다 더 무겁다.

미역이 가득 찬 테왁을 뭍으로 끌어올릴 때는 서너 명이 힘을 합쳐 테왁을 굴려야 한다. 물에 있던 테왁을 바위 위로 끌어 올리고 나면 그때부터는 미역을 꺼내서 조금씩 옮기면 되니까 각자 옮길 수 있다.

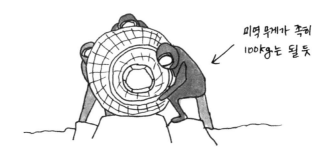

미역 무게가 족히
100kg는 될 듯

테왁 망사리가 미역으로 가득 차 완전히 동글동글해졌다.
아주 먼 옛날 체육대회에서 큰 공을 굴리는 것처럼
서너 사람이 달라붙어 테왁을 굴린다.
아… 쇠똥구리 같기도 하다.

　물에 올라와서는 테왁 망사리를 풀러 미역을 돌 위에 잠시 널어둔다. 너무 오래 햇볕을 쬐선 안 된다. 미역 색이 바래기 때문이다. 10분쯤 지난 후 미역에서 물이 약간 빠진 듯하면 비료 포대에 미역을 꽉꽉 눌러 담아 줄을 세운다.

테왁에서 미역을 꺼내
바위 위에 잠시 널어 놓는다.

물기가 빠진 미역을 비료 포대에
20kg씩 넣는다.

그리고 미역을 하나씩 짊어지고 돌밭을 올라간다. 이쯤 되면 다리 힘이 풀리기 때문에 발을 접질리기 십상이다. 우리 애기해녀들은 돌아가면서 다 한 번씩 다쳤다.

내 것은 두 개밖에 안 돼서 금방 옮기고 다른 삼촌들 미역 옮기는 걸 도왔다.

미역 포대를 짊어지고 돌밭을 올라간다.
어떤 삼춘은 한 번에 두 개씩도 메고 간다.

옷 갈아입고 계장님이 소개해준 가게로 미역을 배송했다. 가게 사장님이 미역 두 포대를 받고 그 자리에서 바로 6만 원을 내줬다. 매일 이렇게 미역 팔면 부자 되겠네.

축하 인사

2020년 4월 14일

다시 생각해보니 축하 인사를 해삼이랑 엮은 건 실수였던 것 같다. 우리나 홍해삼을 산삼 취급하면서 귀하게 여기지 보통 사람들한테는 '해삼, 말미잘!'의 해삼일 텐데.

4.14

돌산 루 인증샷

오전 9시. 2.8kg 순산했어요

축하드려요!

어쩐지 오늘 뭔가 영험한 기운이 있더니 오른팔 만한 해삼을 잡았어요

이런거 삼촌들도 쉽게 못 잡는데!

국을 끓이다보면 드는 생각,
난 요새 바닷물을 많이 마시고 있는데
왜 굳이 국에 소금을 넣고 있나.
염분 섭취는 이미 충분하지 않나…?

서귀포수협 워크숍 교육

연수원에서 받은 수협 워크숍 교육은 한 클래스는 협동조합 교육, 다른 클래스는 행복(?) 교육, 두 가지 교육을 번갈아 가며 한다.

● 협동조합론

협동조합에 대해서 새롭게 알게 된 사실이 많았다. 그동안 수협·농협은 1차산업 종사자들의 이익집단 아니면 금융사업과 마트사업을 하는 곳이라 생각했는데, 다른 것으로 대체할 수 없는 의의가 있다.

자본주의에서는 모든 가치가 돈으로 환산되며 돈의 논리로 움직인다. 그래서 자본주의 초기엔 돈으로 환산되기 어려운 '돌봄, 환경, 인간다움' 같은 가치들은 무시되었다. 협동조합은 이 문제를 어느 정도 해결해주는 자본주의 체제 내의 대안적인 사업체다. '공동 출자금'을 통해 '공동의 문제'를 해결하기 때문이다.

협동조합은 '로치데일'에서 시작되었다. 19세기 영국에서 노동자들이 사용하던 생필품은 공급자 중심이라 질이 일정하지 않았다고 한다. 로치데일은 이를 해결하기 위해 노동자들과 돈(출자금)을 모아 질 좋은 물건을 공동구매하는 소비협동조합을 만들었고 큰 성공을 거두었다. 이러한 성공을 바탕으로 로치데일은 조합원들을 위한 다양한 사업들을 했다. 조합원 자녀들을 위한 교육기관을 설립하고, 토지를 구매해 실직한 노동자들에게 경작하게 하는 등 조합에서 발생한 이익을 조합원들의 삶을 나아지게 하는 방향으로 재투자했던 것이다. 이 로치데일의 협동조합은 전 세계 협동조합의 모델이 되었다.

지금의 수협(수산업협동조합)도 바다의 지속가능한 이용, 현업에서 은퇴한

어르신 돌봄, 상품의 판로개척, 수익 다각화 등의 문제를 해결하려는 주체로
서 의미가 있다.

● 풀뿌리 민주주의의 산실

협동조합은 조합원 누구나 출자금이나 지위에 상관없이 1인 1표를 행사하
는 민주적 의사결정 구조로 이루어져 있다. 덕분에 조합원들의 의사 표출이
상상 이상으로 활발하다. 이번에 무자격자의 조합원 정리(탈퇴) 문제로 회의
가 열렸는데 어찌나 격렬하던지 뒤에서 지켜보던 다음 세션 강사님이 주의를
줄 정도였다.

"여러분이 제주 사투리로 얘기하셔서 내용은 못 알아듣겠는데, 칼만 안 들
었지 아주 죽일 기세네요. 따라 합시다, 여러분. '말할 때는 언성을 높이지 않
는다', '조합원끼리는 서로 사랑하자.'"

이번 문제의 시작은 조합장 선거였다. 조합장 선거는 대통령 선거보다도 치
열하다고 한다. 상대 진영 비방은 기본이고, 자기 편 득표수를 올리기 위해 선
거 때만 무더기로 조합원에 가입시켰다가 탈퇴시키고, 죽은 사람도 조합원
자격을 유지시키는 등 아주 생난리라고 한다. 이때 발생한 무자격 조합원 문
제가 '은퇴수당을 받는 해녀'에게까지 영향을 미친 것이다.

'은퇴수당'은 최근에 신설된 정책인데 일흔이 넘은 해녀 중 원하는 분에 한
해 '조기 은퇴'를 권유하고, 물질을 안 하겠다고 서명한 해녀에게 매달 30만
원을 지급하는 정책이다. 이 정책 실행 초기에는 신청자가 별로 없어서 계장
님들이 조합원들을 일일이 찾아다니며 겨우겨우 목표치를 달성했다고 한다.

문제는 이번에 무자격자 조합원에 이 '은퇴수당'에 서명한 해녀들이 포함된
것이다. 공식적으로 '어업을 안 한다'는 문서가 있기 때문이다. 어업활동을 안
하면 조합원 자격이 박탈된다. 그러자 계장님들이 엄청나게 항의했다.

"조합원 자동 탈퇴되는 줄 알았으면 그 할망들이 여기에 서명하지 않았을
겁니다."

"이분들은 조합 설립 초창기부터 주축이 되어 활동하신 분들인데 이분들을 쫓아내는 건 말도 안 됩니다."

"다른 정리 안 된 무자격자도 많은데 공식적인 문서가 있다고 이분들부터 탈퇴시키는 건 형평성에 문제가 있다고 봅니다."

다른 사람도 아니고 설립 초창기 멤버를 자르다니. 고려장도 아니고. 이건 아까 교육 때 들은 협동조합 정신에도 맞지 않는다. 결국 항의를 받아들여 이 분들은 후순위로 정리하기로 하고, 추가적으로 법률 자문도 받기로 하고 문제가 일단락되었다.

● **건강, 힐링, 웃음, 그리고 행복**

남성 조합원은 거의 자리를 비운 교육. 그들은 견디기 힘든 분위기였다.

수업마다 강사가 다른데 인상은 다들 비슷비슷하다. 일단 트로트를 부르며 등장한다. 교육 내용은 주로 구호에 맞춰 손뼉을 치거나 노래를 부르고, 건강에 관한 상식을 얘기하고, 그리고 웃는다. 크게 소리 내어 웃으면 건강해지기 때문이라고… 하, 하, 하.

해녀 삼춘들은 이 수업을 너무나 좋아라 했다. 너무나 너무나 좋아해 그 모

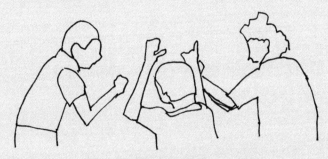

… 이런느낌? 이었던가? …

습을 보고 있으면 나도 덩달아 행복해진다. 다만 강사들이 중간중간 뻘소리를 해서 조금 괴롭다(고인 드립이나, 과도한 공포 마케팅, 사상의학 만능론 등).

매 타임마다 노래판, 춤판이 벌어지는데, 세상에나 우리 해녀 삼춘들 누구 한 명 노래 못 부르는 사람이 없다. 몇몇 분은 조금씩 박자를 놓치긴 하지만 그래도 성량과 바이브레이션만큼은 최고! 옆에서 한 해녀 삼춘이 "해녀들은 원체 폐활량이 좋아서 노래를 잘한다"고 부연 설명까지 해줬다.

춤도 참 잘 춘다. 노래가 나오면 우르르 패싸움하듯이 무대 앞으로 나와 몸을 흔든다. 가장 기억에 남는 춤은 우리 법환좀녀마을해녀학교 교장선생님 (법환 어촌계 계장님)과 우리 계장님의 레디-파이트 격투 대결 춤이었다. 주먹을 쥐고 서로를 노려보며 한 차례씩 춤을 추는데 포즈가 완전 공격 자세다. 당하는 쪽은 몇 걸음씩 뒷걸음친다. 합이 참 잘 맞다 싶었는데 알고 보니 두 분 굉장한 절친이라고.

물질 장비 구하는 법

물질하는 데 사용하는 도구는 참으로 많다. 어떤 것들은 현대의 장비로 대체 가능하지만(오리발, 수경, 납 벨트) 어떤 것들은 전문점에서만 구할 수 있다.

근데 이 전문점이 '해녀샵' 같은 간판을 걸고 물건을 한 곳에 모아 놓은 게 아니라는 점이 문제다. 필요한 물건마다 파는 곳이 다 달라 철물점, 공업사, 선구사, 수협, 오일장 등 여러 곳을 전전해야 한다. 게다가 물건 이름부터 가게 상호까지 공식적으로 알려진 정보가 거의 없어서 삼촌들한테 물어보고 직접 발품을 팔아야 겨우 구할 수 있다.

아직도 장비를 맞추고 있는 중이다. 현재 필요한데 못 구한 물건은 '타이어 고무줄'이라는 밴드다. 테왁 입구를 묶는 데 쓰는데 아직 못 구해서 끊어진 줄을 계속 이어가며 쓰고 있다. 덕분에 입구가 점점 좁아지고 있다.

지금까지 알아낸 장비 출처들을 공개한다.

• 테왁 (입수 난이도 中)

스티로폼과 커버 천으로 이루어져 있다. 스티로폼은 굴러다니는 거 깎아서 사용한다. 주황색 커버 천은 수협에서 4,000원에 판매한다.

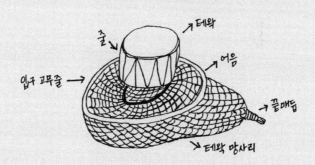

• 어음나무테 (입수 난이도 上)

어음은 원래 어름나무를 휘어서 만드는데 요새는 구하기 어려워 플라스틱 튜브를 휘어서 만든다.

근데 최근 표선 오일장에서 진짜 어름나무로 만든 어음테를 보았다. 가격은 3만 원.

• 테왁 망사리 (입수 난이도 下)

선구상에서 판매. 테왁용 망사리는 굵은 그물로 어느 선구상에 가든 다 있는 편이다. 한 마에 6,000원.

• 매듭용 각종 줄 (입수 난이도 下)

얇은 끈은 한 마에 3,000원. 굵은 줄은 타래로 파는데 7,000원.

- **고무줄 (입수 난이도 上)**

테왁 입구에 사용하는 고무줄. 삼춘들이 '타이어 고무줄'이라고 부른다. 아마도 경운기나 자동차에 사용하는 타이어 벨트를 말하는 듯하다. 철물점과 선구상에서도 비슷한 걸 팔긴 하는데 삼춘들이 쓰는 거랑 다르다. 삼춘들 거는 더 얇고 번들거리며 더 짱짱하다.

이 고무줄은 뽕돌 맬 때도 쓰고, 망사리 묶는 데도 쓴다.

- **고기잡이용 망사리 (입수 난이도 上)**

망사리, 철사 끈, 줄로 이루어져 있다. 줄은 아무거나 쓰면 된다. 문제는 망사리와 철사 끈이다.

- **검은 망사리 (입수 난이도 上)**

고기 잡는 데 쓰는 이 망사리는 그물이 얇고 촘촘하다. 이제는 구할 수 없는 물건. 선구상을 여러 곳 돌았는데 파는 데가 한 곳도 없었다. 계장님 소개로 찾아간 '부산 선구'에서도 사장님이 얘기하기를 이제 안 나오는 상품이란다.

계장님이 주신 그물로 겨우 만들 수 있었다.

• 철사 끈 (입수 난이도 上)

이 철사 끈은 적당히 탄탄하고 적당히 잘 휘어진다. 철사 끈 이름을 알지 못해서 구하는 데 오래 걸렸다.

한동안은 비닐 덮인 빨랫줄을 사용했는데, 현주가 동네 문구점에 갔다가 이 물건의 정체를 알아 왔다. 바로 '전화선'이었다. 철물점에서 전화선 달라고 하니 바로 입수 가능. 가격은 한 마에 2,000원.

• 보말 문어용 망사리 (입수 난이도 中)

테왁용 망사리보다 그물이 촘촘하다. 그물 천을 사다가 줄로 엮어 직접 만든다. 입구는 고무줄로 마무리. 그물 천은 한 마에 3,000원. 고무줄 한 묶음 3,000원.

아까 말했듯이 나는 삼춘들이 쓰는 고무줄을 못 구해서 두꺼운 고무줄을 쓰는데 이 고무줄이 잘 풀리고 잘 끊어져 잡은 물고기를 풀어준 적이 한두 번이 아니다.

• 소라용 망사리 (입수 난이도 下)

테왁용 망사리보다 그물이 굵다. 완성된 형태로 선구상에서 판매한다. 직접 사지 않아 가격은 모름.

• 걸랭이 (입수 난이도 下)

만능 캐리어. 폭은 5센티미터, 길이는 4미터가량 되는 긴 끈이다.

이 줄 하나로 테왁도 메고 소라고 메고 나무도 나르고….

휴대성이 좋은 '지게'라 볼 수 있다.

웬만한 오일장에서는 다 판매함. 1마에 2,500원.

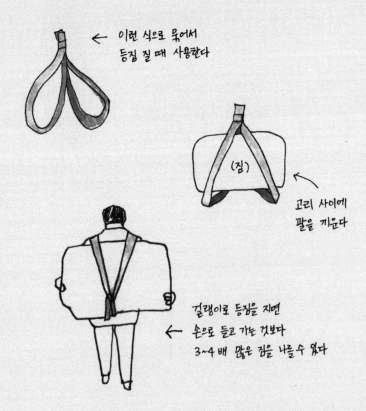

← 이런 식으로 묶어서
등짐 질 때 사용한다

(짐)

← 고리 사이에
팔을 끼운다

← 걸랭이로 등짐을 지면
손으로 들고 가는 것보다
3~4배 많은 짐을 나를수 있다

• 물질용 장갑 (입수 난이도 上)

수협에서 판매하는 두툼한 회색 장갑. 이 장갑이
참 물건이다. 가격은 1만 원. 성게 가시도 잘 안 박히
고 활동성도 좋다. 그러나 안타깝게도 올해부터 이
장갑 판매가 중단되었다고 한다.

신입 해녀로 막 들어왔을 땐 3~4만 원짜리 다이빙
장갑을 썼는데 이 비싼 장갑도 돌이나 소라를 많이
만지다 보니 두 달도 못 가서 구멍이 났다. 다음 대안
으로 다이소에서 파는 1,500원짜리 3M 장갑을 사용했다. 구멍 나면 쉽게 버
리려고. 그런데 이건 성게 가시가 잘 박혀서 사용하기가 힘들다.

그다음으로 쓰게 된 게 이 장갑이다. 계장님이 써보라고 줘서 쓰게 되었는
데 완전 신세계였다. 구멍도 안 뚫리는 데다 천이 두꺼운데도 손가락이 잘 움
직인다. 계장님은 어떻게 이렇게 좋은 장갑을 구했을까. 지금 쓰는 거 닳으면
다음엔 어떤 장갑을 써야 하나.

3장

제 테이블로
놀러오세요!

중문색달해변은 제주에서 유명한 관광지다. 나는 여기서 물질을 하고 물놀이 하러 온 관광객들에게 갓 잡은 해산물을 판매하는 해녀다.

해녀와 관광객.

물질과 물놀이.

자연과 장사.

나 스스로 어색한 조합이라 생각한 적이 있다.

생활이 되니 낯설음이 사라졌다. 테왁을 밀며 튜브와 서핑보드 사이를 지나가고, 해삼이 돈으로 보인다. 손님들에게 이리 오라고 손 흔드는 건 아직도 어렵긴 한데 이건 부끄러워서 그런 게 아니라 적절한 호객 행위 정도를 몰라서다. 너무 흔들어대면 삼촌들 손님을 빼앗게 되니까.

이제는 해녀를 신기해하는 손님들에게 적응됐다. 손님들에게 즐거운 추억을 만들어주고 싶은 마음도 커졌다. 물건을 팔며 바다와 해녀에 대한 얘기를 해주곤 한다. 어린 꼬마 손님한테는 물고기 이름과 생태를 알려주고 어른 손님한테는 오늘 물질할 때 본 걸 얘기하거나 단체사진을 찍어준다.

색달 해녀의집이 해산물 판매를 넘어 제주 바다와 해녀 사회가 만나는 공간이 되기를

나의 첫 회 뜨기

2020년 4월 16일

4월 17일 아침, 탈의장.

"야! 나 어제 너 장사허는 거 뒤에서 다 봤져. 야이 허는 거 웃겨. 회 뜨는디 물괴기가 퍼얼쩍 뛰난 야이도 퍼얼쩍 뛰고."*

"아하하하…."

"너 혼자 안 될 거 닮앙 옆에 삼춘 더레 강 도와주랜 했져."**

"삼춘, 너무 감사했어요."

"비늘을 먼저 벗겨사주 야게기부터 치민 어떵허니!"***

"아, 그게… 칼로 비늘을 긁으니까 물고기가 펄쩍 뛰어서요."

"물괴기 뛰는 것에 그추룩 놀라는디 망사리엔 어떵 옮겨서?"****

"물에서는 그렇게 펄쩍 안 뛰니까요…."

………

* "야! 나 어제 너 장사하는 거 뒤에서 다 봤어. 얘 하는 거 웃겨. 회 뜨는데 물고기가 퍼얼쩍 뛰니까 얘도 퍼얼쩍 뛰고."

** "너 혼자 안 되겠다 싶어서 옆에 삼춘 보고 가서 도와주라고 했다."

*** "비늘을 먼저 벗겨야지 모가지부터 치면 어떡하니!"

**** "물고기 뛰는 거에 그렇게 놀라는데 망사리엔 어떻게 옮겼니?"

계장님 장사하는 자리에서 매일같이 보는 풍경.
저 언덕길로 손님이 내려오길 하염없이 기다린다.

해삼이 안 팔린다. 손님이 없어도 너무 없다.

코로나19 상황 때문에 손님이 크게 줄어 삼춘들도 잡은 물건을 다 못 파는 날이 허다하다. 나도 이틀 전에 잡은 해삼을 여태껏 못 팔고 있다. 이래선 안 되겠다 싶어 오늘은 오랜만에 어랭이를 잡았다. 아직 날이 덜 풀려 삼춘들은 어랭이를 잡지 않는다.

"야, 니 아까 동바위서서 계속 뭐허맨? 보말 잡안?"*

"아~ 어랭이 잡고 있었어요."

"아직 성게가 덜 요물앙 어랭이가 망사리에 안 들어가맨."**

"경해도 야이 술멩이 큰큰헌 걸로 잡아싱게."***

오늘 내가 잡은 물고기는 술멩이 수놈 큰 거 한 마리, 술멩이 암놈 작은 거 두 마리, 어랭이 작은 거 한 마리. 현주는 해삼 한 마리, 쥐치 한 마리를 잡았다. 언니 둘은 아무것도 못 잡아 일찍 퇴근했다.

· · · · · · · · ·

* "야, 너 아까 동바위에서 계속 뭐했니? 보말 잡았니?"

** "아직 성게가 덜 여물어서 어랭이가 망사리에 안 들어가."

*** "그래도 얘 어랭이 커다란 걸로 잡았어."

계장님의 스티로폼 박스
해삼 여덟아홉 마리, 문어 한 마리, 쥐치 두세 마리, 돌돔이나 아홉동가리 한 마리에서 세 마리 정도. 여기에 때때로 전복이나 달고기, 다금바리(!) 등이 추가로 잡힘.

신입 해녀 네 사람의 고무대야
해삼 세 마리, 쥐치 두세 마리 정도. 즉, 네 사람 중 아무것도 못 잡은 사람이 있다는 뜻.

문제의 사건이 벌어진 건 나 혼자 있을 때였다. 현주는 고무옷 벗어놓고 온다고 자리를 비웠고 나는 옷을 갈아입고 나온 사이였다. 계장님이 나를 부르더니 급하게 주민센터에 가야 하니 잠시 혼자 테이블을 맡으라고 했다.

흐어어어… 이를 어쩐다. 손님들이 보통 나를 해녀로 안 봐줘서 나만 있으면 잘 안 오려고 할 텐데. 차라리 고무옷이라도 입고 있었으면 나았으려나? 근데 손님이 오면 또 어쩌지. 해삼은 손질할 줄 알지만 회 뜨는 건 보기만 했는데 내가 할 수 있을까?

그래, 일단 젊은 손님을 공략하자.

"해삼 한 접시에 2만 원이요. 다른 회랑 모둠으로 해서 3만 원~"
역시나 손님들은 물고기만 기웃기웃 구경하다가 다른 자리로
간다.
"흐엉~ 여기서 먹고 가요. 잘해줄게요~."

그러다 맞이한 첫 손님. 혼자 온 여성분이 웃으며 테이블에 앉
아췄다.
"저는 교정 중이라 딱딱한 건 못 먹어요."
"그럼 쥐치 한 마리랑 잡어 세 마리랑 해서 드릴게요."

하지만 대실패!

물고기도 뛰고 나도 뛰었다.

결국 옆 테이블 삼춘이 와서 회 뜨는 걸 도와줬다. 물고기 안 뛰게 꽉 잡으려면 담부턴 면장갑 꼭 가지고 다니라는 팁도 알려 줬다. 삼춘 정말 감사해요.

다행히 손님이 회 정말 맛있다며 또 오겠다고 했다. 손님 평에 의하면 쥐치는 달면서도 고소하고, 술멩이는 식감이 더 쫀득하다고. 다음에 올 때까지 회 뜨는 실력 길러놓으라고 한마디 하고는 웃으면서 갔다.

그럴게요. 부끄러운 과정을 함께 해줘서 고마워요.

대 실패…
물고기도 뛰고 나도 뛰었다

진짜 해녀 맞아요?
왜 회를 못 떠요?
(손님)

쟤 뭐하냐?
수르르…
(삼촌들)

어깨너머로 배운 회 뜨는 법

쥐치 회 뜨는 법

① 칼로 머리를 반 정도 가른다.

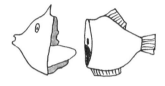

② 머리를 손으로 잡아 뽑는다.
(내장이 딸려 나옴)

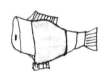

③ 양쪽 면 껍질을 손으로 잡아 뜯어낸다.

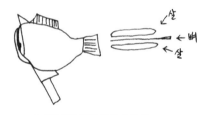

④ 바닷물로 몸통 쪽에 묻어 있는 핏물을 닦아준 뒤 양쪽 면 다 포를 뜬다.

⑤ 쥐치의 크기에 따라 다르지만, 쥐치 포에서 가운데 뼈가 있는 부분은 잘라내고 먹기 좋은 크기로 썰어낸다.

잡어회 뜨는 법

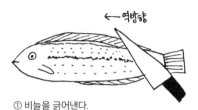

① 비늘을 긁어낸다.

② 머리를 자른다.
 (머리가 잘려도 꽤 오랫동안 살아있다.)

③ 지느러미를 잘라내고 포를 뜬다.
 (크기가 작을 때는 포를 뜨지 않고 뼈째로 썰어낸다.)

④ 먹기 좋은 크기로 썰어낸다.

장사 독립을 준비하다

2020년 4월 20일

계장님 테이블에서 장사를 돕던 우리 신입 해녀 네 사람. 물질 시작한 지 9개월 만에 장사 독립을 하게 되었다.

"이제 너희들도 각자 테이블을 차려야지. 테이블이랑 의자랑 파라솔은 삼춘들 쓰던 것 중에 남는 거 줄 테니, 너넨 너희 쓸 살림살이 준비해오라!"

소꿉놀이하듯 장사용 살림살이를 하나하나 준비했다.

장사용 살림살이 대공개

비매품 파라솔
음료 회사에서 판촉용으로 나온 물건.
일반 파라솔과 달리 기둥이 쇠파이프
로 되어있어 제주도의 강력한 바람도
버틸 수 있다.

플라스틱 테이블과 의자
편의점에서 흔히 볼 수 있
는 플라스틱과 쇠로 된 테
이블. 쇠 부분이 바닷바람
에 삭기 때문에 1년 정도밖
에 못 쓴다.

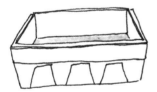

스티로폼 박스
소라, 해삼, 문어, 물고기 등
해산물을 여기에 넣어둔다. 산소공급
기로 산소를 공급해줘야 한다.

고무대야
민물을 받아서 설거지할 때
사용한다.

페인트 통
바닷물 길어올 때
사용한다.

도마와 칼

보냉백
아이스팩 또는 얼린 물을
넣고 맥주, 소주, 캔 음료 등을
보관한다.

**목욕탕에서 쓰는
앉은뱅이 의자**

산소공급장치
휴대용, 충전식이다.

휴대용 가스버너
보말, 소라, 문어 등을 삶을 때
사용한다. 가져온 점심을 데우거나
커피믹스 끓일 때도 요긴하다.

양은냄비 2종
큰 것은 흙 묻은 보말이나 소라를 삶을 때 쓰고,
작은 건 입에 바로 들어갈 것들을 삶을 때 쓴다.

다양한 크기의 소쿠리

바가지

**멜라민 접시, 초장 종지,
소주잔들**

이쑤시개   나무젓가락 뭉치

내 테이블에서 첫 물건을 팔다

2020년 5월 2일

오늘 내 테이블을 차린 후 처음으로 물건을 팔았다.

테이블 독립기념일은 엊그제였지만, 그날의 수확은 제로. 광어
는 골갱이로 건드리기만 했고, 쥐치 오총사와는 하이파이브만 하
고 말았다. 어제는 바당이 세서 물질을 쉬었고 드디어 오늘, 뭐라
도 잡은 것이다.

어제, 지인과의 대화.

"해녀님, 요새도 물질하시나요?

"네. 이번 물때는 어제부터 시작이었어요."

"몇 시부터 시작하나요? 그리고 파는 품목은 뭔가요?"

"여섯 시까지 출근, 보통 물에서 나오는 때가 열한 시 전후. 파
는 품목은 그날 잡은 거 팔아요. 근데 뭘 잡아야 팔죠."

"우리 언니가 제주 온다고 해서 내일 해녀님네 가서 뭣 좀 사
먹을까 하는데."

"요새 잡을 수 있는 건 해삼, 쥐치, 어랭이, 그리고 서비스 품목
으로 미역과 보말이 있어요. 하지만 못 잡을 가능성도 있어요."

"그럼 내일 열두 시쯤 전화할게요."

지인에게 장사를 하느냐 마느냐는 오늘 물질에 달려있다.

테이블을 차린 첫날은 잔뜩 긴장했었다. 기껏 이렇게 장사 자리를 내어주었는데 아무것도 못 잡으면 쪽팔려서 어쩌지? 그런데 잡으면 또 어떡하나. 나 혼자서 손질할 수 있을까? 요새 코로나로 손님도 적은데 우리 신입 해녀들이 테이블을 펴면 삼춘들 장사에 방해되는 건 아닐까? 또 장사 도구들은 뭐가 이리 많아. 물건도 잘 못 잡는 애가 살림 욕심만 많다는 소리 듣는 건 아닐까. 이런저런 생각들로 출근하는데 마음이 무거웠다.

근데 막상 도착해서 짐을 풀자 삼춘들이 환영해줬다.

"아이고, 잘 준비행왔저."

"빈찍빈찍헌 것 좀 보라. 다 새 물건인게."*

"몇 개 빠진 것도 있는 것 같아요."

"원래 허멍 호나썩 채워가는 거여."

"너 무사 테이블 받으레 안 와시니?"**

"집주인 삼춘이 주셨어요."

"파라솔은 나 꺼 주켜."

저희 해삼 먹으려고 하는데요

쟈 테이블에 앉어
해삼은 내 거 팔아줄게

헐…

"바께스 필요허민 우리 집이 왕 호나 받앙 가라."*

너무 감동이다.

자리도 너무나 마음에 든다. 가장 끄트머리에 있어서 내 뒤쪽
으로 공간도 넓고 바다도 잘 보인다.

황금연휴 기간이라 해수욕장에 들고 나는 사람이 많다. 바다
위에 떠다니는 서핑 보드만 대강 세어봐도 50개는 넘는 것 같다.

나야 쥐치 한 마리만 팔면 되니까 '삼춘들 파실 만큼 파시고
기다렸다가 팔자' 하는 마음으로 천천히 장사 준비를 하고 있는
데 삼춘들이 내 테이블로 손님을 보내줬다.

"네, 이쪽으로 오세요. 해삼도 드시고 쥐치도 한 마리 드셔보
세요. 쥐치 한 마리에 만 원! 맛있어요. 저 오늘 이것밖에 못 잡

....
* "파라솔은 내 거 줄게."
"양동이가 필요하면 울 집에 와서 하나 받아 가라."

아서 이거 팔면 갈 거예요."

쥐치 딱 한 마리 잡았다니까 손님들이 웃는다. 옆에 삼춘들 박
스에는 해삼이니 쥐치가 가득하다. 이 손님들이 내가 불쌍해 보
였는지 순순히 쥐치도 한 마리 주문한다.

"느 객주리 느냥으로 회 뜰 수 이서?"*
"한번 해볼게요."
그러고는 열심히 쪼물락쪼물락 회를 떴다.
"아이고, 자인 객주리 술 한 거 잡앙 휴지조각만 허게 해놔신게."**
어쨌든 처음으로 온전히 혼자 회 뜨기에 성공.
삼춘들 덕분에 첫 손님맞이 잘 했다.
"야, 보말 그것도 오천 원에 폴아 불라."***
"네에!"

마침 절벽 위쪽에서 구경하던 손님들이 내게 말을 걸었다.
"그거 끓이는 거 뭐예요? 냄새 좋다!"
"보말이에요, 오천 원! 저 이것밖에 안 남아서 이거 팔면 들어
갈 거예요. 옆에 삼춘들 해삼 드시면서 보말 오천 원어치 어떠신

………
* "너 쥐치 혼자 회 뜰 수 있겠니?"
** "아이고, 쟤는 쥐치 살 많은 거 잡아 휴지조각만 하게 해놨다."
*** "얘, 보말 그것도 오천 원에 팔아 버리렴."

절벽 위쪽에서 구경하던 손님

오세요! 싸게 드립니다 저 퇴근하고 싶어요

가요!"

손님들이 웃는다.

"그렇게까지 말씀하시니 하나 먹어야겠네."

이렇게 금세 다 팔고 첫 장사를 마쳤다.

늦은 점심 식사. 집에서 싸 온 반찬들을 펼쳐놓고 바닥에서 먹는다.

"느 오널 몇 모리 심어샤?"*

"쥐치 한 마리 잡아서 보말이랑 해서 팔았어요."

"기여. 혼 마리라도 폴암시민 좋은 거주게. 이루후젠 성게철이 난 또시 그거 허민 혼 접시에 만 원썩 받을 수 있저."**

"네. 뭐라도 파니까 기분이 진짜 좋네요."

결국 지인한테는 팔 물건이 없다고 문자를 보냈다. 손님 모시려면 더 열심히 물질해야지.

....

* "너 오늘 몇 개 심었니?"

** "그래. 한 마리라도 팔다 보면 좋은 거지. 앞으론 성게철이니 다시 그거 하면 한 접시에 만 원씩 받을 수 있어."

오늘의 수확물

● 쥐치 한 마리

이 쥐치는 앞에 두 놈을 다 놓치고 "용왕님 이제 욕심 안 부릴게요. 제발 쥐치 한 마리만이라도 잡게 해주세요" 하고 간절한 기도 끝에 간신히 잡은 녀석이다. 골갱이를 살짝 갖다 댔는데 얘가 놀랐는지 누워버려서 손으로 쉽게 집어 왔다. 그야말로 바다가 나한테 "옛다 주워가라" 하고 내려준 쥐치였다.

● 보말 500그램

오늘 파도가 제법 강해서 목숨 걸고 딴 보말. 그래서 평소보다 양이 적다.

● 미역 조금

쥐치밖에 팔 게 없어 서비스로 내려고 미역은 조금만 뜯었다.

돌고래는 왜 피해야 하는 거죠?

2020년 5월 4일

사실 돌고래의 얼굴을 본 적은 없다.

　오늘은 비가 올 것 같은 흐린 날씨다. 갯깍을 향해 걸어가는데 시안 삼춘이 하늘을 올려다보더니 "오늘은 수애기가 나올 날이야"라고 했다. 날이 흐리면 물속 산소농도가 부족해서 물고기들이 점프를 한다던데 돌고래도 그런가 보다.

　날이 흐리고 바당도 꽤 센 편이라 대부분 삼춘들도 근해에서만 작업했다. 나는 어제 아무것도 못 잡은 터라 오늘은 꼭 뭘 좀 잡아야겠다 싶어 어제 광어 놓친 곳으로 다시 가기로 했다. 입수 지점에서 1킬로미터는 떨어진 지점이라 가는 데까지 시간이 꽤 걸렸다. 이곳은 수심이 깊은 곳이라 계장님만 혼자서 작업하고 있었다.

바다목장 조성용 콘크리트 블록
물고기들이 많이 모인다.

한참 쥐치 잡겠다고 헤매고 있는데 계장님이 나를 불렀다. 돌아보니 계장님 뒤쪽으로 돌고래가 점프를 하고 있었다. 이렇게 가까운 데서 돌고래를 본 건 처음이었다.

그래도 '돌고래가 점프하고 있구나' 외에 별다른 생각이 들지 않았다. 물에 있는 동안에는 아무리 신기한 광경을 봐도 '그렇구나'라는 생각 외에 아무 생각 없다.

그때 계장님이 내 이름을 부르더니 뭐라 뭐라 한다. 나오라는 건가 싶어 육지 쪽으로 헤엄쳐 가니 계장님도 내 뒤를 따라 나오고 있었다.

"수애기가 위험하진 않지만 피해야 돼."

돌고래가 사람을 물지 않는다는 얘기는 나도 들은 적이 있다. 그래, 피해주면 되지.

여기쯤이면 됐겠다 싶어 물에 다시 들어가려는데 계장님이
또다시 소리를 질렀다.

"너는 수애기 나오는데 뭐 하고 있나!"

위험하지 않다면서요…! 이 정도 피하면 되는 거 아니었나요…?

결국 아무것도 못 잡고 근해로 돌아와야 했다.

그런데 진짜, 위험하지 않다면서 왜 돌고래를 피해야 하는 걸까?

돌고래를 피해야 하는 이유

내가 알고 있는 정보들로 가설을 세워본다.

정보 ① 돌고래는 떼로 다닌다.
가설 ① 돌고래랑 부딪칠까 봐? 그것도 한번 치이면 계속 치이니까?

줄지어 대기하고 있는 돌고래들

정보 ② 돌고래는 사람을 좋아하고 사람에게 장난치길 좋아한다.
가설 ② 돌고래와 놀다 보면 시간 가는 줄 모르니까?

정보 ③ 돌고래는 기억력이 좋으며 돌고래들끼리 의사소통이 가능하다.

가설 ③ 돌고래들한테 해녀들 인심이 소문나서 계속 몰려올까 봐?

내가 놓친 바다 생명체들

2020년 5월 19일

근 한 달간 내가 놓친 바다 생명체들을 기록해본다.

예전엔 볼 줄도 몰랐지만 지금은 보이기라도 하니 이만하면 발전한 것 아닐까?

오징어 커플 : 다정함

'우리 앞바당에 오징어도 사나?' 싶었던 생명체. 너무 신기해서 얼굴 처박고 구경하다 혼났다.

"야! 오징어고 나발이고 요 앞바당이선 금이 나와도 휘이지 마라!"*

나중에 검색해보니 오징어가 아니라 한치였다.

투명한 몸체에
붉은 땡땡이 무늬

....
* "얘야! 오징어고 나발이고 여기 앞바다에서는 금이 나와도 물질하지 마라!"

218

광어 : 뭐야 얜, 눈 뜨고 죽었나

광어는 원래도 큰 물고기인데 이날 본 광어는 특히 더 컸다. 안으면 내 몸통보다 더 크겠다 싶을 정도로 크기가 컸다. 좌우 너비가 80센티미터도 넘는 것 같았다. 소라를 따다가 모래와 바위 사이에서 발견했는데 얘가 움직이지 않아 눈 뜨고 죽은 줄 알았다. 게다가 몸이 워낙 커서 바위 사이에 살짝 접힌 채로 누워있을 정도였다.

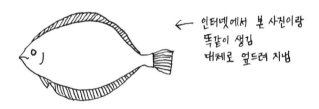

← 인터넷에서 본 사진이랑 똑같이 생김 대체로 엎드려 지냄

처음 발견했을 땐 골갱이가 없었던 지라 물 위로 올라갔다가 다시 내려왔다. 골갱이를 챙기고 다시 찾기까지 5분은 걸린 것 같은데 꼼짝 않고 저러고 있다.

그 전날에도 광어를 봤는데 놓치고 말았다. 그때는 골갱이를 광어 배때기 쪽으로 휘둘렀는데 얘가 나를 봤는지 골갱이가 닿기도 전에 도망쳤다. 이날은 광어가 나를 인지하

눈 뜨고 죽어있나…?

지 못하게 꼬리 쪽을 향해 골갱이를 내려쳐 봤다. 이번에는 골갱이가 광어에 닿긴 닿았는데 비늘에 상처 하나 내지 못했다.

"삼춘! 광어, 골갱이로 잡을 수 있는 거 맞아요?"
"어어~ 세게 쳐야 되어, 쎄게."

그래서 요즘은 물속에서 골갱이를 빠르게 내려찍는 연습을 하고 있다. 너무 멀리서 골갱이를 휘두르면 광어가 물살을 느끼고 도망친다고 해서 손목만 재빠르게 꺾어 찍는 연습을 한다. 하지만 생물을 향해 흉기를 휘두르는 건 아직도 익숙하지 않다. 찌르기 전에 좀 주저하게 된다.

문어: 우앙, 문어랑 처음으로 손잡음
나로서는 반년 만에 발견한 문어다. 해삼이 있을까 싶어 내려간 모래와 바위틈 사이에 문어가 두 눈을 동그랗게 뜬 채 날 쳐다보고 있었다. 골갱이를 바위틈에 넣고 휘휘 저으니까 다른

반 년 만에 발견한 문어
까아~ 이쪽을 보셨어!
나, 손도 잡아봤어~

구멍으로 들어가 버렸다. 오늘도 지식이 늘었다. 문어는 바위가 토끼 굴처럼 복잡하게 되어있는 이런 곳에 사는구나!

　이번에는 반대쪽 구멍에 손을 넣고 문어를 잡고 꺼내려 했더니 다리 한 짝만 나왔다. 이렇게 잡아 빼자니 문어가 찢어질 것 같고 또 다른 쪽 구멍을 공략하자니 손이 끼거나 숨이 모자랄 것 같아 결국 문어 잡기를 포기했다.

　상어: 오, 나 상어랑 평행산책, 아니 평행수영 해봤어!

　크기는 내 키만 하다. 전반적으로 몸집은 '그래도 나보단 좀 작지 않나' 하는 사이즈.

　문어를 놓치고 나서 다른 문어를 찾아 헤매고 있는데 큰 그림자가 얼핏 보였다. 상어였다. 진짜 상어 맞나 싶어 몇 번을 더 확인했는데 상어가 맞았다.

　상어를 피하려고 열심히 도망쳤다. 근데 헤엄치면서 뒤돌아보면 시야 끝에 계속 상어가 보였다. 다행인 건 상어가 나를 쫓아

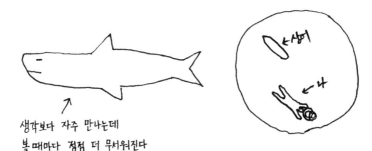

생각보다 자주 만나는데
볼 때마다 점점 더 무서워진다

서 이동한 건 아니라는 것. 나도 애도 각자 갈 길 가는데 방향만 같았던 것이다. 이날 나는 같은 상어랑 세 번이나 동선이 겹쳤다.

나중에 삼춘들한테 들은 얘기로는, 계장님이 그 근처에서 작살로 물고기를 잡았는데 그 피 냄새를 맡고 상어가 온 거란다. 정말 무섭다.

쥐치 : 이번 달 놓친 쥐치에 번호를 붙이면 8번까지 나오지 않을까?

쥐치는 물고기 중에서 가장 느려서 골갱이로도 잡을 만하다. 삼춘들은 맨손으로도 잡는다. 내 경우엔 세 마리 놓치고 겨우 한 마리 잡는 편이다.

나는 쥐치를 발견하면 필사적으로 추격한다. 소라 물질이 아닌 날, 쥐치라도 못 잡으면 그날 물질 수익은 제로일 때가 많기 때문이다. 아무것도 못 잡고 나오면 어찌나 부끄러운지…. 하지만 '필사적'이란 표현은 사실 쥐치한테 더 어울리는 말일 것이다.

놓친 쥐치 중에서 가장 기억에 남는 쥐치는 오늘의 쥐치.

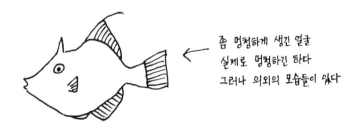

좀 멍청하게 생긴 얼굴
실제로 멍청하긴 하다
그러나 의외의 모습들이 있다

보통 쥐치는 나랑 눈이 마주쳐도 잘 도망치지 않는다. 가만히 죽은 듯 있거나 돌 사이로 숨는다. 물론 나도 쥐치에게 다가갈 땐 뒤쪽에서 접근하고 최대한 가만히 있다가 골갱이를 휘두르는 등 인기척을 내지 않으려고 조심하긴 한다.

근데 오늘 본 쥐치는 내가 가만히 있었는데도 날 보더니 정말 빠르게 도망쳤다. 평소 보던 쥐치의 스피드가 아니다.

아… 얘, 뭘 좀 아는 애구나. 똑똑하네. 사람 맛 좀 본 애구나. 그래, 내가 봐줬다. 잘들 살거라….

결국 오늘 잡은 건 보말 800그램

이것도 오늘 파도가 세서 목숨 걸고 잡은 거다.

보말만 있어서 그냥 집에 가져가려고 했는데 영자 삼춘이 자기 물건 팔 때 내 보말 껴서 팔라고 했다. 덕분에 오늘 소득은 5천 원.

보말 사준 손님들이 고마워서 말을 걸었다.

"보말 맛있어요?"

"네에!"

수두리   매옹이   청고메기

"제가 잡은 보말이에요. 여기 해삼, 쥐치는 이 삼춘이 잡은 거고 보말만 제가 잡은 거예요. 저는 오늘 이것밖에 못 잡아서 이제 다 팔았으니 퇴근해요~"

손님들이 꺄르르 웃으며 좋아한다.

네, 네, 그래요. 이거 어디서 떼온 물건 아니고 여기서 어렵게 잡은 것들이랍니다. 매번 손님들이 양이 적다고 섭섭해들 하는데 이거 정말 힘들고 어렵게 잡은 귀한 거라고요.

삼춘들과 함께 먹는 점심

2020년 6월 4일

점심은 보통 손님들이 한 차례 지나가고 나서 두 시쯤 먹는다. 덥고 몸도 지쳐 입맛이 돌지 않는다. 안 먹으면 몸이 버티지 못하니까 '때운다'는 생각으로 먹을 때가 많다. 장사 자리가 배정된 후로는 주로 내 왼쪽 옆자리의 화선 삼춘과 오른쪽 옆자리의 영자 삼춘과 함께 점심을 먹는다.

점심 메뉴는 이거 먹고 기운이 날까 싶을 정도로 소박하다. 화선 삼춘은 항상 물에 만 밥에 물외*와 된장, 영자 삼춘은 집에서 싸 온 반찬과 밥. 반찬은 멸치 볶은 것, 유채 김치,** 간장 파절이가 다다.

- 점심으로 절대 먹지 않는 것 소라, 성게, 해삼, 문어, 회 (팔아야 하기 때문)
- 점심으로 주로 먹는 것 물에 만 밥, 오이나 상추, 몇 가지 밑반찬, 라면, 생선 머리와 뼈로 끓인 매운탕

....

* 애호박 같이 생겼는데 오이 맛이 난다.

** 유채꽃 줄기를 잘라서 김치로 담근 것. 갓김치와 비슷한 맛인데 알싸한 맛이 덜하고 더 산뜻하다.

그런데 밥을 먹기 시작하면 진짜 맛있다. 바닷물이 짜서 그런지 단출한 음식이 훨씬 입에 잘 맞는다. 가끔 반찬이나 밥을 안 챙겨온 날은 회 뜨고 남은 생선 뼈로 매운탕을 끓이거나 라면을 끓여 먹는다. 나도 점심을 챙겨오지만 내 도시락은 삼춘들에게 인기가 없다. 삼춘들 입맛에 잘 안 맞나 보다.

점심 먹고 나면 꼭 커피믹스를 타서 마시는데, 밥을 대강 챙겨 먹는 것에 비해 커피믹스에는 무척 깐깐하다.

"잔치커피*는 무조건 팔팔 끓는 물에!"

정수기 뜨거운 물 정도로는 만족을 못 한다. 끓인 지 좀 지난 물도 안 된다. 방금 막~ 팔팔~ 끓인 물이어야 한다. 정수기는 지금 안 쓰는 해녀의집 건물에 있기 때문에 물 뜨러 가는 게 좀 번거롭다. 그래서 삼춘들 식사가 끝나가는 것 같으면 내가 대표로 냄비 들고 물 받아와 버너에 불붙이고 물을 끓인다.
"삼춘들 커피 드세요~."

....
* 제주도에서는 커피믹스를 '잔치커피'라고 부른다.

버너 케이스로 바람 막음

고무줄로 묶어놓은
커피믹스 다발

녹슨 내 버너
보말 끓이다 멋 번 넘치고 비 좀 맞았더니 버너가 금방 몇 년
쓴 것처럼 돼버렸다. 불붙일 때 라이터로 붙여야 된다.

내가 커피를 끓여 가면 삼춘들은 커피믹스 스틱으로 갚는다.
삼춘들은 웬만해선 물건을 그냥 받는 법이 없다. 하지만 받는 걸
싫어하는 것도 아니다. 커피를 들고 가면 삼춘들이 무척 반겨주
니까. 내가 삼춘들에게 도움이 되는 몇 안 되는 상황*이다.

·········
* 다른 도움으로는 젓가락이나 종이컵 빌려드리기, 잔돈 바꿔드리기, 계좌이체 대신해드리기
가 있다.

늦은 점심 식사.

집에서 싸온 반찬들을 펴고

바닥에서 먹는다.

성게 작업

2020년 6월 29일

　기다리고 기다리던 성게 작업. 그러나 나는 손등에 난 상처 때문에 한 주 늦게 참여했다. 올해는 작년보다 성게가 덜 여물었으며 기나긴 장마 때문에 물질을 쉬는 날이 많아 성게 작업을 늦게 시작했다.

　잠깐, 성게가 작년보다 덜 여물었다는 말은 작년에도 들었던 말인데?

　성게를 뒤집어보면 다섯 개의 선이 있는데 이 선 안에 성게알이 들어있다. 이 선을 피해서 칼을 넣고 비틀면 성게가 쪼개진다. 칼을 한가운데 넣는 게 아니라 중심에서 절반 정도까지만 칼이 들어가야 지렛대의 원리(?)로 쪼개진다. 칼을 중심에서 살짝 아래로 넣어야 잘 비틀린다.

　처음에는 성게를 깔 줄 몰라서 한가운데에 칼을 쑥 집어넣었다가 칼이 비틀어지지 않아서 꽤 많은 성게를 뭉개버렸다.

성게를 반으로 쪼개면 알이 다섯 갈래로 들어있는 게 보인다. 이 알들을 숟가락으로 살살 잘 긁어내야 한다. 성게알을 모양대로 온전하게 꺼내는 게 참 어려운데 잘 꺼내는 팁은 따로 없다. 옆자리 삼춘한테 알 안 다치게 온전히 꺼내는 노하우를 물어보니 성게 선을 보고 신중하게 작업하는 수밖에 없다며 자기도 자주 뭉갠다고 했다.

어떤 성게는 알이 탱탱한데 어떤 성게는 알이 흐물흐물 풀어진다. 수확 철이 지나면 알이 녹아서 그렇다고 한다. 이렇게 녹다가 나중에는 속이 텅 비어버린다. 풀어진 성게알들은 다시 성게로 자랄 것이다.

그래서 성게철이 아닐 때 성게를 잡으면 속이 텅 비어있는 거구나. 맛 좋은 성게는 먹을 수 있는 기간이 참 짧네.

비 오는 날도 파라솔을 쳐놓고
그 안에서 성게 작업을 한다.

성게 까는 법

성게 뒷면

① 성게를 칼로 쪼갠다.

② 노란 성게알을 숟가락으로 긁어낸다.

③ 바닷물을 채운 냄비에 체를 받치고 성게알만 모은다.

핀셋

④ 바닷물로 여러 번 헹궈내 불순물을 제거한다. 덜 제거된 것은 핀셋으로 빼낸다.

⑤ 통에 담는다.

3일간 성게 가시가 박힌 경위

성게 작업을 삼 일 했는데 사흘 내내 성게 가시가 박혔다. 성게 가시가 잘못 박히면 하루 일당이 날아가니* 나름대로 조심했는데도 그랬다. 다행히 병원까지 가지 않는 선에서 끝났다.

① 트럭 타고 이동할 때 앉을 자리를 만든다고 성게 든 테왁을 맨손으로 밀다가 그만…

오른손 두 번째 손가락
손톱 끝에 가시 박힘
→ 손톱 최대한 바짝 자른 후 바늘로
　성게 가시 빠질 때까지 파냄

② 바위 아래 있는 성게가 안 빠져서 콱 잡다가 그만…

왼손 두 번째 손가락
평범하게 손끝에 박힘
→ 바늘로 열심히 성게 가시를 파냄

. . . .

* 성게 가시가 잘못 박혀 병원을 가면 가시 빼는 데만 2만 원이 든다. 성게는 1킬로그램은 해야 11만 원을 벌 수 있는데, 나름 열심히 한다고 하는데도 하루에 성게 300그램 하기가 쉽지 않다.

③ 퇴근길에 걷다가 그만…

비 내리는 날 고생스럽게 성게를 잡고 깠는데, 이날 수익은 2만 5천 원. 망
연자실하며 걷다가 발에 뭐가 걸려서 넘어짐. 엄청나게 아팠다. 집에 와서 보
니 성게 가시가 발끝에서 시작해 발톱 안까지 관통해있었다.

안 돼!
2만원!

왼발 엄지발가락
발끝에서 시작해서 발톱 안으로 성게 가시 관통

전장에서 화살촉을 뽑는 장수의 마음으로 소독약 들이붓고 가시가 들어간
부분을 갈라내 가시를 빼냈다. 혼자 해결 가능한 수준이라 다행이었다. 하마
터면 마이너스 수익 날 뻔했네!

서귀포수협 조합원이 되다

2020년 7월 8일

드디어 오늘 출자증권을 받았다. 나도 이제 조합원이다.

같이 물질을 시작한 언니들은 3월에 조합원이 되었고 벌써 해녀증 신청도 마쳤다. 나는 눈병이랑 망막열공 수술을 받느라 물질 쉰 날이 많아 4월이 돼서야 물질 60일을 겨우 채울 수 있었다. 그때 바로 신청했는데 1분기 수협대회의가 3월에 끝나 6월에 신청하라고 했다.

기다리고 기다려서 6월 8일, 물질 84일을 채우고 조합원 신청을 했다. 서류도 잔뜩 내야 한다. 어촌계장님과 잠수회장님 직인 찍은 신청서, 해녀학교 졸업증, 주민등록초본, 개인정보 제공 동의서, 출자금 확인서, 구매 확인서(이건 물질 장부로 대체했다), 그리고 출자금 입금.

작년보다 최소 출자금이 올라 올해는 420만 원을 넣어야 한다. 때마침 영상 외주 일이 들어와서 모자란 돈을 맞출 수 있었다.

조합원이 되면 배당금도 받고, 명절에 갈치도 보내준다고 한다.

나도 이제 수협이 인정한 색달 해녀!

↑
통장 형태의 출자증권

← 물질 장부
(다이소에서 산 노트)

개인 물질 장부다. 계장님이 작성하는 물질 장부와는 별도로 개인이 기록하는 노트. 날짜를 적고 잡은 해산물을 적어둔다. (물고기는 제외)

서퍼와 해녀 삼춘

2020년 7월 15일

여름의 중문 색달해변은 파도가 세기 때문에 제주에서 서퍼들로 가장 붐비는 곳이다. 대충 바다에 떠 있는 서핑 보드만 세어봐도 2백 개는 되어 보인다. 작년보다 더 늘어난 것 같다.

해수욕장 방문객이 늘어나니 손님도 많이 오겠다 싶었는데 그건 아니었다. 삼춘들 얘기에 의하면 서퍼들은 우리가 파는 해산물을 안 사 먹기 때문에 장사에는 전혀 도움이 되지 않는다고 한다.

"는 무사 영헌 걸(해녀 일) 허젠 햄시? 저추룩 판대기 타고 놀주."*

"하하하, 삼춘, 저거 되게 비싸요. 하루 강습받는 데 7만 원인가 해요."

"안 비싸다!"

역시 잘 버는 삼춘이라 경제 감각이 남다르신가 했더니, 알고 보니 옥자 삼춘 아드님이 여기서 서핑샵을 하고 있었다. 아하!

....
* "넌 왜 이런 걸(해녀 일) 하려고 하니. 저렇게 널빤지 타고 놀 것이지."

중문 색달해변의 검은 까메기 떼 (서퍼들)

故 김태오 님을 기리며

오늘 아침에 갯깍 쪽으로 물질하러 가는데 먼저 출발한 화선 삼춘이 비석에 놓인 화분들에 물을 주고 있었다. 낙석 위험 때문에 철조망이 쳐 있어서 안쪽으로 들어갈 수 없다 생각했는데 안쪽으로 들어가는 길이 있었구나.

그러고 나서 갯깍으로 가는 길. 화선 삼춘이랑 이런저런 얘기를 나누며 걸었다.

"는 결혼핸덴 했지. 애기는 이시냐?"*

"아뇨. 없어요. 남편이랑 내년에 노력해보자 얘기하고 있어요."

"기여. 호나는 이서사 혼다. 그게 느가 식상에 왕 살당 간 의미난."**

삼춘은 자녀가 셋이라고 했다. 아들 둘, 딸 하나.

"느 아까 나 물 주는 거 봔?"***

"네."

"나 막내아덜이여. 살아시민 오십 줄인디. 저거(서핑) 처음으로 했저."****

"네! 유명하신 분이잖아요. 사람도 많이 구하시고."

"질더 착헌 아덜이었주. 물에 빠진 사름 열다섯이나 구해신디 무사 그 공덕이 가이신딘 안 가신지."*****

....

* "너는 결혼했다 했지. 아기는 있냐?"

** "그래. 하나는 있어야 한다. 그게 내가 세상에 와서 살다 간 의미니까."

*** "너 아까 나 물 주는 거 봤어?"

**** "내 막내아들이야. 살았으면 오십 줄일 텐데. 저거(서핑) 첫째로 했었어."

***** "되게 착한 아들이었어. 물에 빠진 사람 열다섯이나 구했는데 왜 그 공덕이 걔한테는 안 갔는지."

故 김태오 (1965 - 2012)

중문색달해변 입구 쪽 절벽 아래에 있는 비석.
1세대 서퍼 김태오 님을 기리는 비석이다
서핑 문화 발전에 크게 기여하시고 수상 인명구조 활동으로
많은 생명을 구하셨다 한다

장사는 힘들어

2020년 7월 17일

요즘 나 꽤 잘 잡는다. 소라 금채기라 개인 물질 때 출석만 하고 아무것도 못 잡고 퇴근하겠지 싶었는데, 세상에! 문어를 하루 걸러 한 마리씩 잡고 있다. 어랭이도 잘 낚는다. 성게는 많이 못 잡지만 손님한테 팔고 집에 가지고 가서 먹을 정도는 된다. 삼춘들은 손님한테 팔고도 1킬로그램씩 남아 납품하고, 그러고도 또 집에 가지고 간다.

지금은 성게를 해와서 장사가 좀 된다. 물고기만 있으면 손님들이 내 테이블에 잘 안 왔다. 손님들은 다양하게 한 접시 먹고 싶어 하기 때문이다. 성게를 해오면 한 접시에 미역+성게+어랭이+보말 해서 2만 원, 문어까지 있으면 3만 원에 팔 수 있다.

나는 하루에 두 테이블만 받으면 된다는 마음으로 장사를 한다. 잘 될 땐 하루에 네 테이블도 받은 적이 있다. 근데 장사는 참 오래 걸린다. 다섯 시에 출근해서 일곱 시에 물에 들어가고, 열한 시에 물 밖으로 나와서 장사를 시작하는데, 빨리 팔면 빨리 들어가지만 여섯 시까지 장사해야 할 때도 있다.

손님들
앉음 자리

성게

쓰레기통

민물

바닷물

물고기 넣은 임시 수족관

손님 기다리면서 성게를 깐다.
할 일이 있어 지루하진 않다.

임시 휴업

2020년 8월 2일

색달 애기해녀 임시 휴업이다. 많은 고민 끝에 다시 서울에 올라가기로 했다. 계장님께 서울로 올라가게 된 사정을 얘기하고 장사 물품을 정리했다. 남편도 제주 와서 집 정리를 돕고 어른들께 인사드리러 다녔다.

"아이고 남편 잘생겼네. 인물이 좋아."

말로만 얘기했던 남편을 이제야 소개할 수 있어 뿌듯했다.

"얘가 착하고 물질도 잘해. 그래, 애기 놓고 다섯 살까지 키우다 와라~."

"서울서 먹고살 거 없으면 제주 다시 오고."

이렇게 좋은 말 들으며 떠나게 될 줄이야. 다시 오라는 말을 듣게 될 줄 몰랐다.

"해녀증 신청도 해놓고 가~. 뭐든 자격증 있으면 좋아~."

해녀증은 해녀 일 안 하면 반납해야 하는 거 아녜요? 그래도 삼춘이 이렇게 얘기해주니 해녀로 인정받은 거 같아 기뻤다.

이제 또 나는 어떤 삶을 살게 되려나. 제주를 떠나는 게 맞는 건지 잘 모르겠다. 어떻게든 되겠지. 제주에 훌쩍 왔듯 이렇게 제 주를 훌쩍 떠나게 되었다.

나와 나의 손님들

기억에 남는 손님들에 대해 써놓고 보니 투정이 반이다.

● **멋쟁이 커플**

공동 장사 도울 때 맞이했던 손님.

"저기 바다 보이는 난간에서 먹어도 돼요?"

된다고 하고 그리로 가져다줬다.

여기가 명당인 걸 이제 알았네.

바다와 두 사람 모습이 참 그림 같았다.

● **수원서 왔다는 횟집 부부**

개시 손님이라 해삼을 큰 놈으로 잡았다. 이 해삼엔 심지어 알도 있었다. 처음 보는 해삼 알…. 서비스로 알도 냈더니 맛있다 소리도 없이 군소리만 해서 서운했다. 자기네 횟집에 들어오는 해삼은 이것보다 싸다나 뭐라나.

또 다른 거 없냐고 해서 쥐치를 보여줬더니 쥐치는 자기네 수족관에도 한가득 있다고 했다. 밤 되면 수족관에서 쥐치들이 꺼억꺼억 운다고.

삼춘네 돌돔을 보여줬더니 그제야 만족해한다. 돌돔은 진짜 가격이 싸다고 했다. 횟집에선 자연산 물고기는 우리가 파는 가격의 두 배를 받는다고 했다. 달고기, 돌돔, 다금바리는 색달 해녀의집이 육지보다 싸댑니다 여러분~.

● 미용사 선생님들

술을 참 많이 팔아준 손님들.

"술이 많이 남는 장사죠? 우리 진짜 좋은 손님들이다. 그죠?"

아… 아니오. 제가 파는 술은 마트에서 사 와서 천 몇백 원 붙여서 파는 건데요. 아이스박스 가방 둘러메고 언덕을 내려와야 해서 평소에 다섯 병도 안 가지고 와요. 지금 파는 건 삼춘들 술이에요.

이런 말을 할 수도 없고.

가시기 전에 손님들 사진을 찍어줬다. 난간에서 1세대 힙합 아이돌 포즈를 시켰는데도 잘 소화했다. 요즘 사진 연출하는 실력이 늘었다.

● 처음 생긴 단골손님

3일 연속으로 왔었던 할머니 손님.

장사하는 곳 아래쪽 바다에 내려가도 되냐고 물어봐서 가셔도 되지만 위험하다, 물이 갑자기 들어오는 곳이라 미끄러져서 다칠 수도 있다고 했다. 그런데도 내려간 손님. 그러고는 홀로 바위에 앉아 선탠을 하기 시작했다. 한참을 여유롭게 있다가 결국 소방대원에게 제지받고 나왔다.

그리고 내 자리에 와서 나랑 한참 수다를 떨었다. 나는 물질하는 얘기, 손님은 자식 키우는 얘기. 어찌나 재미나게 얘기했는지 주변 삼춘들이 원래 아는 사이냐고 물어봤다. 그리고 이틀을 더 왔다. 소라, 성게, 문어, 쥐치, 어렝이, 미역, 보말까지 다 드시고는 서울로 가셨다.

마지막 날엔 카톡 친구가 됐는데, 우리 해녀들 물질하는 모습, 내가 판 해산물들 사진을 보내줬더니 "세상에서 제일 귀하고 맛난 음식 1위입니다"라는 답장이 왔다.

고맙습니다. 애순 선생님.

나와 나의 삼춘들

● 나, 애기해녀

손님들로부터 "정말 해녀 맞아요? 머리에 물만 묻히고 코스프레 하는 거 아닌가~" 이런 말을 수시로 듣는다.
최근 물질 실력이 늘어 매일 두 접시 분량 팔 만큼은 잡고 있다.
"아영이 또시 물꾸럭 심어샤. 재수 좋았져."
"쟈인 모수운 줄도 몰랑 짚은 물에 첨벙첨벙 잘도 들어감쪄."

● 계장님

색달 해녀를 이끄는 우리 족장님.
화통하고, 배포 크고, 엄격하다.
"일은 공정하게 뒷말 안 나오게 해야 한다."
해녀 사회에는 지켜야 하는 규칙이 정말 많은데 그 근본에는 늘 공정함이 있다.
계장님이 해오는 물건 양은 늘 엄청나다. 다른 삼춘들의 두 배가량.
오오… 지도자의 품격…!

● 순화 삼춘

내 테왁을 만들어준 삼춘.

삼춘이 내 테왁을 만드는 동안 나는 순화 삼춘 장사

를 도왔다.

"난 곱닥허게 못 멩글어~."

아니오 삼춘, 정말 예뻐요.

감사합니다.

● 춘자 삼춘

문어를 정말 잘 잡으시는 삼춘 중 한 분이다.

귀가 안 좋아서 깊은 물에는 못 들어간다.

그런데도 어쩜 그렇게 매번 문어를 잘 잡는지….

한번은 삼춘한테 "문어는 어디에 살아요?" 하고

물어보니 "바당에 살주" 하고는 더는

아무 말도 하지 않았다.

무엇을 어디서 어떻게 잡는지는 각자의

영업 비밀인 듯하다.

● 병선 삼춘

츤데레.

평소에 말이 많지 않다. 먼저 나서서 뭘 알려주

진 않지만 내가 사고 칠 것 같으면 "느가 영 해

놓으민 우리가 혼난다" 하고는 조곤조곤 잘

설명해준다.

● 영자 삼춘

패션 센스가 좋고, 깔끔한 거 좋아하고, 야한 농담을 잘한다.

어느 날은 탈의장에서 "보댕이…."

아니다. 너무 야해서 말 못 하겠다.

● 영자 삼춘 (동명이인)

내 장사 옆자리 삼춘. 내 장사 엄마다.

"는 나 따라댕기민 된다."

　"바께스 어서? 이땅 우리 집이 호나 받으레 오라."

　"야, 태풍 오는디 장사 도구 돌로 잘 지둘롸야주. 내가 어

　　제 느 꺼 잘 덮어놨저. 이추룩 챙겨주는 사름 나밖에 어

　　찌이~?" (네~)

가끔 손님들이 나보고 딸이냐고 묻곤 하는데 애기해녀

어쩌구저쩌구 설명하기 귀찮아지시면 그냥 '수양딸'이라고 해버린다.

● 화선 삼춘

내 또 다른 옆자리, 항상 웃는 얼굴의 화선 삼춘.

농담도 똑같은 표정으로 해서 못 알아들을 때가 많다.

장사가 너무 안 되던 날, 내가 "이거 안 팔리니 회 쳐서 삼춘이랑 먹

을까 봐요" 하니 "기여, 소주도 까카?" 하고 맞장구쳐주는 센스.

근데 막상 칼 잡으니 못 하게 했다. 그 귀한 걸 왜 자기 주

냐고.

"삼춘이랑 소주 한잔하려고요…."

"난 술 못 허여~."

겨울 장사 풍경 1
- 고무옷 버전 -

겨울 장사 풍경 2
-패딩 버전-

끝이 아니라 잠시 쉬어가는
살아가는 날들의 기록

저는 지금 서울에서 이 글을 마무리하고 있습니다. 갑작스러운 개인 사정으로 더 이상 제주에서 물질하기 어렵게 되었고, 가족과 해녀 삼춘들과 논의 끝에 제주생활을 정리하고 서울로 올라가게 되었습니다.

육지로 간다는 얘기를 하니 저를 걱정해주시는 분들이 많았습니다.

"서울 답답해서 어떻게 사니. 제주 그리워서 3개월 안에 향수병 날 거다."

그러게요 언니. 그냥 숨만 쉬어도 제주와 달라요. 바다는 더더욱 그립고요.

서울에 와서 긴 시간 동안 책 작업을 했습니다. 이 일기가 책으로 나올 것을 염두하고 쓴 게 아니어서 수정할 게 많았어요. 손으로 쓴 글씨를 타이핑하고 모아보니 잘못된 문장들과 저만 아는 표현들이 많아 수정하는 데 오래 걸렸습니다. (그리고 정말 많은 분들의 도움을 받았습니다. 출판을 권유해주신 박선정 작가님, 허주영 대표님, 제주어 감수를 봐주신 문지윤 선생님, 교정을 도와주신 원미연 선생님과 제 남편 이

상후, 이 책의 디자인을 맡아주신 이수정 선생님과 황윤정 선생님, 표지 그림을 그려주신 신유림 작가님 감사합니다.)

글을 수정하며 저는 해녀 생활을 다시 한번 하는 기분이었어요. 초반에는 너무 부끄럽더라고요. 왜 저랬을까 싶은 생각도 들고요. 어떨 때는 바로 어제 있었던 일 같다가도 어떨 때는 다시는 돌아갈 수 없겠다는 막막한 기분이 들기도 했어요. 그러다 해녀 공동체에서 해보고 싶었던 게 아직 많이 남아있어 마음이 정리되지 않았다는 것을 깨달았습니다.

이 일기는 미완이에요. 2020년 8월 2일을 끝으로 제주 색달 해녀 이아영의 기록은 멈췄습니다. 주인공이 뭔가 크게 성공하고 이야기가 끝나야 할 것 같은데 이렇게 끝내도 되나 고민하기도 했습니다. 근데 일기라는 건 살아가는 날들의 기록이니까 끝이 있을 수가 없겠더라고요. 이때는 이게 이 사건의 끝이다 싶었는데 지나고 보면 그건 발단이었던 것처럼요.

그래서 맨 마지막 일기를 '임시 휴업'으로 걸었습니다. 잠시 쉬어 갑니다. 이 다음의 이야기가 어떻게 될지 후일을 기대해주세요. 제주에 다시 돌아갈 날을 기약하며 끝을 맺습니다.